江戸美人捕物帳

入舟長屋のおみわ 隣人の影

山本巧次

幻冬舎時代小説文庫

江戸美人捕物帳

入舟長屋のおみわ

隣人の影

一

秋晴れの空が、江戸の町の上にどこまでも青く広がっている。ここ、北森下町(きたもりしたちょう)の入舟(いりふね)長屋にあるお美羽(みわ)の家の縁先にも、穏やかな明るい日差しが降り注いでいた。

昼下がり、お美羽は父親でこの長屋の大家である欽兵衛(きんべえ)と並んで座敷に座り、一人の初老の男と対座していた。今度入舟長屋に迎え入れることになった、新たな住人である。

「ふむ、それで、又秀(またひで)さん。畳の職人だったと聞いたが、ここではどんな仕事をしなさるのかね」

互いに挨拶を済ませた後、まず欽兵衛が尋ねた。又秀と呼ばれた男は、「へい」と軽く頭を下げてから答えた。

「手を痛めたもので、畳の仕事の方はもう、しまいました。永年の疲れ、という奴でしょうか。まだそんな年でもないと思っていたのに情けない話で」

又秀は苦笑いしながら右手を振って見せた。鬢にはだいぶ白いものが交じっているが、年は四十八というから、確かに隠居するには少しばかり早いかもしれない。だが、去年手を痛めた後、肘に力が入らなくなり、仕事に差し障りが出てしまったので、思い切ってやめたそうだ。

「あの太い針を使って畳を縫うのは、相当な力が要るんだろうねぇ」

欽兵衛は又秀の腕に目をやりながら、得心したように言った。おっしゃる通りです、と又秀が返した。

「どうしても力がかかるんで、腕の筋に無理が溜まってたのかもしれませんねぇ」

「幸右衛門さんから伺ったところでは、前は千住の方に居られたとか。畳のお仕事は、どなたかに譲られたんですか」

お美羽が聞いた。幸右衛門は町名主で、日頃からお美羽たちも何かと世話になっている。又秀がここに来たのは幸右衛門の口利きで、幸右衛門自身は知人から又秀のことを頼まれた、という話だった。

「へい、仕事仲間に引き継いでもらいました。しばらくその手伝いをしてたんですが、住んでいた古い長屋がずいぶんと傷んでしまったもので、取り壊しになりまして。それを機会に、江戸の街中の方へ出てみることにしましたんです」

そうですか、とお美羽は応じた。江戸市中で仕事をしていた者が隠居して町の外れに住む、というのはよくあるが、又秀の場合は逆だ。江戸の近在の住人には、市中の暮らしに憧れる人もいるから、又秀も若い時分に思っていたことを、仕事を退いて身軽になったので試してみる気になったのだろう。

「ずっと、お一人なんですか」

この年で独り者というのは気になったので、一応聞いてみた。又秀は頭を掻いた。

「お恥ずかしい話ですが、若い頃は随分と放蕩しましたもので、女房が愛想を尽かして子供を連れて出て行ってしまったんです。だもので、もう二十年近く気楽な独り身というわけで」

女房にも倅にもその後会っていないので、どこでどうしているやら、と又秀は笑いながら言った。空元気かな、とお美羽は思った。五十近くになって人生の先が見えてくれば、女房はともかく子供には会いたいだろうに。だが、そこをつつくのは気の毒なので、愛想笑いだけにしておいた。

「じゃあ又秀さん、仕事はもうしないのかい。それで暮らしは大丈夫なのかね」

職人仕事はやめたと聞いて、欽兵衛は少し心配になったようだ。又秀の暮らしがと言うより、店賃が間違いなく入ってくるのか、ということだろう。それはすぐに察したらしく、又秀は懐に手を入れた。

「幸い、少々蓄えはありますんで、まずはこちらを」

言いながら懐から出して畳に置いたのは、長屋ではそうそうお目にかからない一分金が二枚だった。欽兵衛もお美羽も目を見張った。一分は一貫文だから、二分なら入舟長屋の月五百文の店賃、四月分だ。

「四月分、前払いいただけるということですか」

お美羽が確かめると、又秀は「そうです」と笑みを見せる。

「遣ってしまわないうちにお納めしておいた方が、私も気が楽ですので」

若い頃を思い出してついつい遊びに費やしてしまい、店賃が滞ったりしたら御迷惑でしょう、などと又秀は言う。

「そのうちできる仕事も見つかるでしょうから、それまでは」

欽兵衛は満面に笑みを浮かべた。

「いやあ、それは有難い。ご奇特な人だ」

お美羽は、お預かりします、と断って二分を手にした。欽兵衛の言う通り、こんな奇特な店子（たなこ）はなかなかいない。

「左の並びの奥から二軒目が空いてるから、そこをお使いなさい。今日から入るかね？」

「へい、預けてある荷物を取って来て、明日からお世話になります」

荷物と言っても、ほとんど大したものはありませんが、と又秀は言った。欽兵衛は上機嫌に、いつでも都合のいい時に来るといい、と告げた。

「ありがとうございます。それでは、今日はこれで」

又秀は丁寧に頭を下げて辞去していった。今日は荷物を預かってもらった知人の家に泊まるという。欽兵衛とお美羽は、店子相手には珍しく、表まで出て見送った。

「いやあ、いい店子が来てくれたねえ。さすが幸右衛門さんの紹介だ」

又秀の姿が見えなくなってから、欽兵衛は笑みを崩さずに言った。

「ほんとね。四月分前払いなんて、初めてだわ」

お美羽も感心して言う。江戸の長屋の大家は、どこでも店賃の回収が一番の難事で、入舟長屋でも六月溜めている左官職人の菊造を筆頭に、四人ほど払いが滞っている。欽兵衛は人が好くてすぐに丸め込まれてしまうので、店賃を集めて回るのはお美羽の仕事だった。それだけでなく、のんびり屋の欽兵衛に代わってこの入舟長屋を切り盛りしているのは、実はお美羽なのだ。すれ違う人が振り返って見るほど美人な上に、面倒見がいいと界隈では評判だが、怠け者には容赦しないので、いろいろ物騒な二つ名を付けられている。そのせいかどうも縁遠くて、二十歳を過ぎたのにまだ良縁に恵まれていなかった。

「菊造に、爪の垢でも煎じて飲ませてやりたいわ」

お美羽は渋面で菊造の住まいを睨んだ。当の菊造は、今日も昼間からどこかで飲んでいるらしい。まあまあ、そう怖い顔をせずに、と欽兵衛はお美羽の肩を叩く。

「ああいうちゃんとした人が入れば、その様子を見て行いを正すかもしれないよ」

いかにも欽兵衛らしい解釈だが、菊造に限って言えばそれはないな、とお美羽は思った。決して能無しの役立たずではないのだから、人の振り見て我が振りを直せるなら、とっくに仕事で稼いでいるはずだ。

「あれ、噂をすれば菊造じゃないか」

欽兵衛の声に振り向くと、ちょうど表の二ツ目通りを菊造が帰って来るところだった。さすがにお天道様が真上にある今は千鳥足ではないが、遠目にも顔がほんのり赤くなっているところを見ると、飲んでいたのは間違いないようだ。ようし、とお美羽は一歩踏み出すと、木戸を入って来る菊造の正面に立った。

「え？　あ、大家さんにお美羽さん、こいつはどうも。いい日和だねえ」

お美羽に行く手を阻まれた菊造は、おもねるような笑いを浮かべた。

「ええ、ええ、確かにいい日和よね。こんな日って、左官の仕事に一番向いてるんじゃないの」

「そ、そうだね。向いてるね」

菊造の笑いが次第に引きつる。

「で、左官屋のあんたは、今何をしてる？」

お美羽は顔を近付け、じろりと睨みつけた。菊造が一歩引く。

「……お美羽さんに凄まれて、突っ立ってる」

「凄まれてとは失礼な。今日、ちょっとは仕事したの？」

「あー、ああ、したよ。今朝、急ぎの仕事を手伝えって親方に言われて」

ほう。珍しく仕事があったのか。お美羽はさっと手を伸ばした。

「急ぎで呼ばれたんなら、もう手間賃はもらったよね。はい、出して」

「いや、待ってくれ。実はその……」

「もらった先から飲んじまった、なんて言わないよねえ」

にじり寄ると、菊造は目を逸らした。その隙に、ぐいっと懐に手を突っ込む。

「うわっ、何すんだ」

慌てる菊造の懐から、お美羽は流れる手付きで財布を引っ張り出した。

「ちゃんとあるじゃない。全部寄越せとは言わないから、この中から少しでも店賃払って」

「いや、ちょっと待って……」

「さあ、ここから幾ら出す？　さあ、さあ」

目の前に財布を突きつけられ、鋭く迫られた菊造は、呻くように言った。

「ひゃ……百文」

「はい、百文ね」

お美羽は菊造に財布を返した。菊造は観念して、財布から百文数えると、名残惜しそうにお美羽に差し出した。気が変わらないうちにと、お美羽は奪うように百文を受け取った。

「酷ぇや。まるで追剝だ」

菊造は泣きそうな顔をするが、その顔ほどにはこたえていないのは承知の上だ。

「誰が追剝よ。溜まった店賃、この百文引いた後で幾ら残ってると思ってるの」

「さ、さあ。桁が三つを超えると勘定がどうも……」

「桁が五つになったら、木戸に吊るすよ」

低い声で囁くと、菊造は飛び上がって逃げた。店賃の桁が五つになるほど溜まるにはまだ一年以上あるが、そんな勘定はできないようだ。井戸端に出ていたおかみさんたちがその様子を見て、ほらほらまたやられてる、と大笑いした。傍らで見ていた欽兵衛は盛大に溜息をついた。

「まったくお美羽、年頃の娘がいい年をした男をあんな風に脅すなんて、少し控えなさい」

「あのねえ。お父っつぁんが言うようにおしとやかにしていたら、いつまで経っても店賃、もらえないじゃない。困るのはお父っつぁんでしょう。家主の寿々屋さんに何て言うの」

家主への店賃勘定の報告は欽兵衛の役目だ。お美羽の言う通りなのがわかっているので、欽兵衛はますます困って眉を下げた。

「やあ、大家さんにお美羽さん」

爽やかな声と共に、一人の侍が木戸を入って来た。長屋の浪人、山際辰之助だ。近所の二階で手習いの師匠をしており、ちょうど仕事を終えて戻ったようだ。山際は二人の顔つきと井戸端のおかみさんたちの様子を見比べて、微笑んだ。

「お美羽さん、また武勇伝かな」

「いっいえ、そんな」

男ぶりのいい山際に武勇伝、などと言われたお美羽は、つい目を下に向ける。

「菊造さんが、また締め上げられたんだよ」

井戸端に居た細工物職人栄吉の女房、お喜代が笑いながら言った。山際は訳知り顔を欽兵衛に向けてから、お美羽に笑いかける。

「まあ、お手柔らかにしてやってくれ」

お美羽は、はあ、と額に汗を浮かせる。おかみさんたちがまた、くすくす笑う。

「ところで、新しい住人が来ると聞いたが」

気を利かせたか、山際はすぐ話を変えた。お美羽は、これ幸いとそれに乗る。

「そうなんです。こっち側の奥から二軒目に入るんですけど、千住の方から来た又秀さんという人です」

奥の方を手で示して言った。それを聞いて、井戸端からお喜代と大工の和助の若女房、お糸が寄って来た。

「千住からかい。何かの職人だそうだねえ」

お喜代が尋ねる。

「畳屋さんだったんだって。手を痛めたとかで、もう畳の仕事はしないらしいけど」

いずれわかることなので、お美羽は又秀から聞いた話をした。

「店賃を前払いとは、なかなかの御仁だな」

欽兵衛同様、山際も感心した。菊造たちとえらい違いだ、とお喜代も驚く。

「でも、手を痛めていて新しい仕事は見つかるかしら」

お糸が首を傾げながら言った。そうだな、と山際が少し思案する。

「近頃は景気も悪くないから、力仕事でなくても何かあるだろう。読み書きはできる人かな」

「ええ、できます。それに、物腰がとても丁寧なんですよ。言葉遣いも」

「ほう。それなら商家の仕事でもできそうだな」

山際は安心したように言った。

「千住辺りの職人でそんな丁寧な人ってのは、珍しいかもねえ」

お喜代がさらに感心した風に言う。

「立派なお屋敷とかに出入りしてたんじゃないですかね」

お糸が考えながら言った。そうかもしれないな、とお美羽も思う。千住近くの畳屋なら、大名旗本のお屋敷や別邸、大店（おおだな）の寮などの仕事を請け負うこともあるだろう。確かに又秀の物腰は、職人と言うより商家の大旦那のように見えた。貧乏長屋には珍しい人、と言えそうだ。

ここで欽兵衛が咳払いする。

「まあそんなわけで、又秀さんは明日には越して来る。いい人のようだから、みんなよろしく頼みますよ」

一同は、承知しましたと快く返事した。

言葉通り、又秀は翌日の昼前に越して来た。自分で牽いて来た荷車に積んであったのは、小ぶりの箪笥と鍋釜茶碗に、夜具一式だ。独り者としても、身軽な荷物だった。

「これだけでいいのかい」

お美羽と一緒に運び込みを手伝ったお喜代が聞いた。又秀は笑って答えた。

「千住ではもうちょっといろいろあったんですがね。食べて寝るだけなんだから身の丈に合ったように、と余計なものは捨てて来ました」

「へえ、思い切りがいいんだねえ。うちも見習わなくちゃね」

そうは言ったが、お喜代の家にしても大したものがあるわけではなかった。いつ焼け出されるかもしれないのだから、宵越しの金を持たない長屋の住人が物持ちだ、という話は滅多にない。

夕方までに、又秀は仕事から帰った長屋の住人を摑まえては、お世話になりますと挨拶して回った。やっぱりすごく丁寧な人なんだ、とお美羽は改めて好感を持った。書き物や商家の下働きの仕事でもないか、心当たりを聞いてみてあげよう。出入りの畳屋さんの手伝いとかも、できないだろうか。

ところがそれほど経たないうちに、お美羽の好感は揺らぎ始めた。

二

「ようお美羽さん、ちょっといいかい」

細工物職人の栄吉がそう声をかけてきたのは、又秀が越して来て十日ばかり経った夕方近くだった。

「うん、夕餉の支度前で手は空いてるけど。どうしたの」

お美羽は縁先に栄吉を招じ入れて、問うた。栄吉は縁側に腰を下ろすと、どう言うか少し考える風にしてから、小声で話を始めた。

「この前越して来た、又秀さんのことなんだが」

え、とお美羽は意外に思った。これまでのところ、又秀は揉め事は一切起こしておらず、長屋のおかみさんたちの評判も上々だった。なのに今、栄吉は顔を曇らせている。

「又秀さんが、どうかしたの」

何て言ったものかな、と栄吉は首筋を叩いた。

「あの人は、畳職人だったたって言ったよな。それ、本当なのかい」

お美羽は一瞬、栄吉の言いたいことがわからなくなった。

「本当なのかって、どういうこと」

「いや、その……」

栄吉は言葉を探しているようで、しきりに首を動かした。

「又秀さんの手だがな。どうも職人の手、って感じがしねえんだよ」

栄吉は、ほれ、と手を広げて見せた。栄吉は細かい彫金の道具の他、鏨(たがね)や金槌も使うので、あちこちに胼胝(たこ)ができている。手の表面もごつごつして、傷跡が幾つもあった。これが職人の手だ、と手自身が誇っているかのようだ。

「又秀さんの手には傷がなくて、何だか華奢(きゃしゃ)ですべすべしてる感じなんだよ」

「へえ、そうなの」

お美羽は又秀の手をしげしげと見たことはない。白っぽい手だとは思ったが、畳職人は大工や左官と違って始終外で仕事をするわけではないので、そんなものかと思っていた。

「仕事で手を痛めてやめた、って言ってたろ。お美羽さん、畳の作り方、知ってるかい」

はて、とお美羽は内心で首を捻る。年末の畳替えのときは職人を呼んで仕事をしてもらっているが、一から畳を作るところは見た覚えがない。

「よく知らないけど、あの太い畳針で縫うんだよね」

「ああ。正直、俺もよく知らねえんだが、あんな分厚い代物に針を通すんだから、結構な力がかかるだろう。手を痛めるのも当たり前かな、と思ったんだが」

それで、と目で先を促す。栄吉はちょっと自信なげに続けた。

「又秀さんの手を見るに、そんな使い方をしてきたとは思えねえ。綺麗過ぎる」

なるほど。言わんとすることはわかった。でも、疑うほどのことだろうか。

「それだけ？」

「いや。あんたも最初に言ったよな。物腰が丁寧だって。その通りだ。話をしてても、俺たちみてぇなべらんめえの喋りにならねえんだよ。何かこう、堅っ苦しいんだよな」

「肌合いが違う、ってことなのね」

「おう、そうなんだ。だから面白くねえんだとは言わねえが、どうもすっきりしなくってよ。あんたなら、他に知ってることもあるんじゃねえかと思って」

「そう言われても、私も知らないよ。幸右衛門さんからは、それ以上聞いてないし」

栄吉としては気になるのだろうが、誰にも迷惑がかかっていない以上、お美羽からどうこう言うわけにもいくまい。もしかして、又秀に出自を隠したい事情でもあるなら、下手に踏み込むのも良くない気がする。

「どうしても確かめないと気が済まないなら、録三(ろくぞう)さんを呼んで、又秀さんと話してもらったら？」

「録三？　ああ、元町(もとちょう)の畳屋か」

録三は四町（一町＝約百九メートル）ほど南で畳屋をやっている職人で、周りの武家屋敷に畳を入れており、お美羽の家の畳も録三の仕事だった。栄吉も顔見知りだ。栄吉は少し考えてから、よし、と手を打った。

「お美羽さんの言う通り、録三なら又秀さんが本物の畳職人かどうか、すぐ見抜けるだろう。早速明日の晩でも、飲みに誘ってみるとするか」

策が見つかって気が軽くなったか、栄吉はお美羽に礼を言ってさっさと帰って行った。

一方、お美羽は有難い店子と思っていた又秀のことが、急に気になり出した。栄吉の言うことは、確かに的を射ている。お美羽も同じことを目にしていたものの、殊更に注意を向けてはいなかったのだ。

少しばかり心がざわついてきたお美羽は、後で自分も録三から話を聞こう、と決めた。


聞きに行くまでもなかった。翌々日の朝、洗濯を終えたお美羽が一息ついているとき、栄吉が裏から入って来て声をかけた。縁先に出てみると、栄吉は三十五、六の黒半纏を羽織った男を伴っていた。畳屋の録三だ。

「あら録三さん、しばらくです」

「やあお美羽さん、去年の暮れに張り替えた畳の具合はどうだい」

録三は愛想よく笑みを浮かべた。

「ええ、ご覧の通り。傷みらしい傷みはありませんよ」

そうかい、と録三は縁先に腰をかけて手を伸ばし、畳表を撫でた。

「うん、これなら五年か六年は大丈夫だな」

満足そうに言うと、真顔になって座り直した。

「今日は畳のことじゃなくてな」

言いながら顎で栄吉を示す。栄吉が頷いて話を始めた。

「お美羽さんに言われたように、昨夜、又秀さんを誘って林町(はやしちょう)の居酒屋へ行ったんだ。越して来て十日も過ぎたから、一度どうだい、って言ってさ。奴(やっこ)さん、人付き合いは嫌いじゃないらしくて、それじゃあってんで出かけてよ。店では録三に待っててもらったんだ」

「偶然を装って、一緒に飲んだってわけね」

「そういうこった。それでな、やっぱりと言うか、録三が畳職人だって言ったら又秀さん、びくっとした顔になった。畳屋には会いたくなかった、ってえ感じだな。

しかもそれから後は酒を控えて、酔わねえように気を付けてたみてぇだ」

なあ録三よ、と栄吉が話を振ると、録三は難しい顔になった。

「ああ。ひと言で言っちまえば、あの又秀が畳屋だったってぇのは、眉唾だな」

いきなりそう切って捨てたので、お美羽は目を瞬いた。

「どうしてそう思ったの」

「お美羽さん、畳はどう作るか、知ってるかい」

「一昨日も栄吉さんに聞かれたけど、よく知らないわ。畳床だっけ、その上に藺草で編んだ畳表が張ってあるってことぐらい」

「うん、その通りだ」

録三は左手で畳表を二、三度叩いた。

「畳の厚みのほとんどは畳床だ。稲藁を幾つも重ねて締め上げて、ぎゅっと押し固めてある。一尺三寸から一尺五寸（約四十～四十五センチ）の厚みの藁を、一寸八分（五・五センチ）にまでするんだ」

「へえ。そんなにたくさんの藁が入ってるのね」

お美羽は改めて膝の下の畳に目を落とす。

「で、そいつが崩れないように縫って、畳の寸法に切り分けていく。それから畳表だ。こいつは麻か綿の糸、経糸(たていと)ってんだが、これに藺草を織り込んで作る。そこは別の職人がやるわけだが、俺たちはその出来上がった畳表を畳床に張る」

「張るって、糊じゃないですよね。縫うの？」

「そう、畳床に縫い付けるんだ。縁(へり)を縫っていくんで、框縫(かまちぬ)いって言うんだが、角が丸まらずにきちんとなるよう、框板ってのを入れて縫う。皺(しわ)が寄ったりムラができたりしないよう、ぴっちり張り付けて一切凸凹なく縫うには、ちょいと腕が要る」

　録三は自分の腕を軽く叩いて、ニヤリとした。職人として相当な自負がありそうだ。

「張り終わったら、畳縁(たたみべり)を縫い付ける」

　お美羽の家の畳縁は黒無地だ。録三はそれを指して続けた。

「知ってるとは思うが、畳縁は身分格式に応じていろいろ決まり事がある。綿、麻の他、金糸や絹を織り込んだものまである。縁を省いた安手もある」

　一番格式が高いのが繧繝縁(うんげんべり)で、これは天子様ぐらいしか使えねえから俺もまだ見たことがねえ、と録三は蘊蓄を披露する。畳縁というのは結構大事なもので、お美羽は普段ほとんど気にしていないが、正式な作法では、座敷に入るときに畳縁を踏んではいけない、とされていた。

「で、縁を付けるにはまず畳表に針を通す。これが平刺しだ。それから脇に折り込んで、畳床に縫い付ける。こいつが返し縫い。縁付けが終われば、畳の出来上がりだ」

「へええ。ずいぶんと手間暇がかかるんだ」

今までそんなに詳しく畳のことを聞いたことがなかったので、お美羽は録三を尊敬の目で見た。それに気付いたか、録三は心なしか胸を張った。

「おいおい、畳の話はもうわかったから、肝心のことを言えよ」

栄吉が水を差したので、録三は何をしに来たのか思い出したようだ。照れ臭そうにお美羽の顔を見て、本題に入った。

「おう、又秀さんのことだ。栄吉と一緒に世間話をして、仕事の話を振っていったんだが、どうも乗ってこなくてな」

「仕事の話をしたがらない様子だったと？」

隠居したようなものとはいえ、同じ畳職人となら話が弾んで当然のはずだ。仕事で余程嫌な思いをした、というのなら別だろうが、お美羽の見る限り、又秀からそんな気配は窺(うかが)えなかった。

「しかもだ。あいつは平刺しと返し縫いの区別がついてねえみたいだ」

「畳縁の縫い方の話でしたっけ」

「うん。平刺しの針と返しの針は、別物だ。返しは畳床の横から斜めに通すんで、長くなってる。五寸三分（約十六センチ）ほどだ。平刺しに使う針はそれより短い。だが又秀の奴、平刺しの針をそのまま返しに使ってるように喋ってたんだ。畳縁のことはそこそこ知ってたのに、縫い方がわかってねえのはおかしい。畳針に幾つの種類があるのかも、よく知らねえようだった。そんな職人がいるもんか」

お美羽にも、録三の言うことがわかってきた。

「畳のことを少しは知ってても、作ったことはない、そういう話ですか」

録三は、その通りだと膝を打った。

「さすがお美羽さん、呑み込みが早(はえ)えな」

栄吉が続いて言う。

「つまり、又秀さんは畳のあれこれを付け焼刃で頭に入れて、畳屋に成りすましてんじゃねえか、ってことさ」

お美羽は眉間に皺を寄せた。

「でも、何のためにそんな」

「そいつは、本人に聞くしかねえだろ」

栄吉は口元を歪め、又秀の住まいの方に首を向けた。


近所へご機嫌伺いに出ていた欽兵衛が帰って来ると、昼餉もそこそこに、お美羽は録三と栄吉から聞いた話を告げた。欽兵衛の顔は、たちまち曇った。

「又秀さんが騙り(かた)だって言うのかね。驚いたな。せっかくいい人が入ったと思ったのに」

欽兵衛は困惑の表情を浮かべ、首を左右に振った。

「本人に問い質してみようとも思ったんだけれど……」

「いや、それはどうかな」

欽兵衛は気が進まないようだ。揉め事はできるだけ避けたい、という思いが顔に出ていた。お美羽としても、今のところ長屋に害は出ていないのだから、騒動にはしたくない。だが騙されているとなれば、放ってもおけない。

「幸右衛門さんの口利きでしょ。まず幸右衛門さんに聞いてみましょう」

ああ、それはそうだと欽兵衛は頷いた。

「幸右衛門さんも知り合いから紹介されたそうだから、詳しい素性は知らないだろうけどねえ」

「だったら、その知り合いという人のところへ聞きに行くまでよ」

お美羽は、早速これから行って来る、と立ち上がった。欽兵衛はお美羽の性急さには慣れているはずだが、くれぐれも事を荒立てないように、と釘を刺した。

「ほう、そうだったのですか。驚きましたな」

座敷で向き合い、お美羽の話を聞いた幸右衛門は、欽兵衛と同じような困惑顔になった。町名主だけあってお美羽の家より二回りほども大きく、座敷も十畳敷だ。畳縁も渋い濃鼠だが、よく見ると目立たぬ程度に柄が入っていた。

「畳職人と聞いていましたので、ずっとそう思っていたのですが。何か事情がありそうですな」

その事情の一片でも幸右衛門が知っていないか、と思ったのだが。

「又秀さんのことを口利きなすったのは、どなたでしょう」

「本所徳右衛門町で焼物を商っておられる、美濃屋さんです。小唄や盆栽などの集まりで、七、八年前からお付き合いがありまして」

思ったほど深い付き合いでもないようだ。

「又秀さんのお話は、先方から来たのでしたね」

「ええ。美濃屋さんから、古い知り合いが住むところを探しているが、どこかいい長屋はないかと聞かれまして。私だけに声をかけたわけではないようですが、入舟長屋はお美羽さんと欽兵衛さんのおかげで評判もいいし、たまたま空きが出ているのを聞いてましたので、如何かとお伝えした次第です」

このお話は前にもしたと思いますが、と幸右衛門は言った。確かに又秀を紹介されたときに聞いたが、お美羽の知りたいのはもっと前のところだ。

「美濃屋さんと又秀さんは、どういう関わりなのかお聞きになっていませんか」

さてそれは、と幸右衛門は首を傾げる。

「古いお知り合い、とだけしか。あまり根掘り葉掘りというのも失礼かと存じまして。しかし確かに、本所の焼物屋さんと千住の畳屋さんとでは、繋がりがよくわかりませんな」

幸右衛門は白髪頭を振って、ふうむと嘆息した。

「もう少し聞いておけば良かった。私としたことが。これでお美羽さんのところにご迷惑がかかれば、申し訳が立たない」

いいえ、そんなとお美羽は慌てて手を振った。

「別に迷惑なことが起きたわけではございませんし、又秀さん自身も人当たりが良くて、揉め事を起こすようには見えません」

「とはいえ、素性を偽っているというのは真っ当ではございますまい」

生真面目な幸右衛門は、自らの責めを感じているようだ。

「美濃屋さんに質してみるとしましょうか」

それは、とお美羽は止めた。深い付き合いではないとしても、幸右衛門と美濃屋の間に波風を立てるのは本意ではない。

「よろしければ、私が美濃屋さんにお伺いいたしますが」

「お美羽さんが、ですか」

幸右衛門は眉を上げたが、なるほどお美羽の性分なら、と思い当たったようだ。

「そうですな。私を介するより、直にお聞きになった方がよろしいかもしれません」

少しほっとしたように幸右衛門は言い、美濃屋にお美羽が行く旨の文を届けておく、と言ってくれた。お美羽も安堵し、丁重に礼を述べて幸右衛門の元を辞した。


一日置いて、幸右衛門のところの下働きから、美濃屋さんに文を届けましたとの知らせをもらった後、お美羽は本所徳右衛門町に向かった。

美濃屋に行くと聞いた欽兵衛は、またそんな、とばかりに眉根を寄せた。

「嫁入り前の娘が、そんなあちこちに首を突っ込んで出歩いて……」

やれやれ、もう耳に胼胝だ。

「今さら何よ。長屋のことなのよ。捨ててはおけないでしょう」

その通りなので、欽兵衛も黙るしかなかった。

欽兵衛も重々承知しているが、お美羽は厄介事に出くわすと、白黒つけずには済ませることができない性分だ。一本気で曲がったことが大嫌いな職人だった母方の祖父の血を引いたようで、そのために度々捕物に巻き込まれては何とか片付ける、ということを繰り返し、今では八丁堀にさえ一目置かれている。それはいいのだが、その噂のせいで縁談をますます遠ざけてしまった。自分でも反省はしているものの、こればかりはどうしようもない。

　美濃屋の店は、竪川沿いの通りに面していた。間口は七間（一間＝約一・八メートル）ほどの中くらいの構えの店だ。奉公人は五、六人というところか。店先には、瀬戸焼や美濃焼の器が、幾つも並べられていた。棚には箱書き付きの品も見える。骨董ではなく新しいが、長屋で普段使いするような品ではなく、もっと気張った格上のものだ。この界隈には似合わなくも見えたが、武家屋敷も多いし、市中の大店から押上や小梅の寮に行く道筋でもあるから、結構商売になっているのだろう。

　暖簾をくぐって番頭に用向きを告げると、すぐに奥へ通された。割合にこぢんまりとまとまった建物だが、居心地は良さそうだ。座敷に座ると、床の間に茶碗があった。茶の湯で使われるものに相違なく、凹凸のある武骨な作りだった。商売物ではなく飾りだろうから、結構な値打ちのものかもしれない。

ほどなく足音がして、四十過ぎと見える羽織姿の男が現れ、膝をついた。

「お待たせいたしました。美濃屋庄治郎でございます」

「北森下町、入舟長屋の美羽と申します」

両手をついて挨拶すると、美濃屋は笑みを浮かべた。が、愛想の奥に強張りが見えた気がした。

「幸右衛門様から、文を頂戴しました。わざわざのお越し、恐れ入ります」

「こちらこそ、お忙しい中押し掛けまして、申し訳ございません」

型通り挨拶したところで女中が茶を運んで来た。女中が去るまで一呼吸置き、美濃屋の方から話を始めた。

「又秀さんのことですね。何かご不審がおありとか」

いきなり直截だな、と思ったので、お美羽は遠慮なく尋ねた。

「はい。又秀さんは千住の畳職人だったと伺っておりますが、本当に畳を作っておられましたのでしょうか」

美濃屋は、はて、と考える仕草をする。

「本当に、とはどういうことでしょう」

お美羽は録三から聞いたことを、かいつまんで話した。美濃屋は黙って聞いていたが、話し終わると「なるほど、左様で」と頷いて見せた。

「さて、どう申し上げたものか……」

美濃屋は少し目を逸らし、逡巡（しゅんじゅん）しているようであったが、やがてお美羽に目を戻して言った。

「実はですな。又秀さんは畳屋に相違ありませんが、長屋に住む職人、という方ではないのです」

「は？　職人でもないのに畳屋さん、ということは」

「はい。店を持って、畳職人を何人も使っておられたのです」

「お店のご主人だったのですか。それでは、住んでいた長屋が傷んで取り壊されたというのは」

「申し訳ない。半分は嘘です。ちょっと事情がございまして」

「じゃあ、手を痛めて職人をやめたというのも……」

「偽りでございます。仕事をやめた言い訳に考えたもので」

美濃屋は嘘を詫びてから、その事情というのを話し始めた。

又秀は祖父の代からの店を継いでいたのだが、人は好いのに遊び好きで、不始末を起こして店を潰してしまったのだという。女房に愛想を尽かされたというのは、本当のようだ。店をなくした後、一旦近所の長屋に転がり込んだものの、潰した店からこっそり持ち出していた金を狙われそうになって逃げ出し、昔の知り合いの美濃屋を頼って来たそうだ。

「恥ずかしながら、手前も若い頃はいろいろ遊び回っておりましたもので」

又秀はその頃の遊び仲間だったらしい。

「そこで考えまして、千住から離れた方が良かろうと、深川の知り合い幾人かに頼んで住まいを探しておりましたところ、幸右衛門さんから入舟長屋が良いと伺った次第で」

はあ、そういうことか。お美羽は今聞いた話を頭の中で整理した。自分で畳を縫っていなかったならば、栄吉が疑った又秀の手が綺麗過ぎるというのも、当然かもしれない。前払いした店賃は、店から持ち出していた金の残りなのだろう。

「さんざんな目に遭ったので改心した、ということでしたから、信用して幸右衛門さんにお願いいたしましたのです。如何でしょう、又秀さんは長屋の方では、真面目にやっておられますでしょうか」

　ああ、大丈夫ですとお美羽は答えた。

「これから自分にできる仕事を探す、と言ってました。ちゃんと働いて稼ぐおつもりのようです」

「そうですか、安堵いたしました。外聞の悪い話なので、偽りの素性を作ってしまいましたことにつきましては、大変申し訳ございませんでした。ご心配をおかけいたしました」

　美濃屋は、幸右衛門にも改めて詫びておくと言い、深く頭を下げた。そうまでされては、お美羽も言うべきことはない。よくわかりましたと応じて、美濃屋を出た。

　家に帰ったお美羽は栄吉を呼び、欽兵衛と一緒に美濃屋の話を聞かせた。

「へえ、そうか。職人じゃなく、店の主人ねえ。道理で品があるってぇか、荒い喋り方をしねえわけだ」

　栄吉は、すっかり得心したようだ。

「人にはいろいろ事情があるもんだねえ。根はいい人、というなら、まあ構わないが」

欽兵衛も実は気を揉んでいたらしく、肩の力が抜けたようになっている。

「昔は遊び人だった、てことなら、話の合いそうな奴は大勢いるな」

栄吉が笑って言うと、欽兵衛が余計なことを、と窘めた。

「せっかく改心したのに、また遊びに引き込んじゃいけないよ。それより、仕事探しを手伝ってあげなさい」

栄吉は、わかってますよと誤魔化すように笑ってから、お美羽に言った。

「なあ、お美羽さんもいろいろ気を回したが、これで安心……」

言いかけたが、お美羽の目付きに気付いたか、笑いを消した。

「……したような感じでもねえな」

欽兵衛も訝し気にお美羽を見た。

「どうしたんだ。まだ何かあるのかね」

「うん、ちょっとね」

お美羽は真面目な顔を作って二人を見返し、言った。

「美濃屋さんの話じゃ、又秀さんの店は三代続いてたのよね。てことは、又秀さんは子供の頃からずっと、畳職人の仕事場を見てたわけでしょう」

「そりゃそうだろう。自分が畳針を使わなくても、奥の座敷に引っ込んだまま仕事場を見ねえってんじゃ、商いができねえや」

客と話をしなきゃなんねえんだから、畳のことは充分知ってなきゃ駄目だろう、と栄吉は言った。

「でしょ。なのに、畳針の違いを知らないなんてこと、あるかしら」

栄吉は、うっと言葉に詰まって欽兵衛の顔を見た。その顔にも、惑いが浮かんでいた。

三

それから何日かは、何事もなく過ぎた。又秀への疑いは、少なくともお美羽の胸の内では晴れていなかったが、傍目（はため）には当人に怪しいところはなかった。お美羽としても、それ以上掘り下げる手掛かりがないので、そのまま様子を見るしかない。

栄吉はもう一度一緒に飲みに行ったようだが、店を潰した件を暴き立てるつもりはなく、新しいことは何も聞けていなかった。

　変事が起きたのは、まったく突然だった。

　お天道様が高く昇った朝四ツ（午前十時）過ぎ、お美羽が木戸の辺りを竹箒で掃いていると、幸右衛門がやって来た。気付いて、この前はどうもと挨拶しようとしたお美羽は、幸右衛門の顔が青ざめているのを見て驚いた。

「えっ、幸右衛門さん、どうかなすったのですか」

　それには返事をせず、幸右衛門はお美羽に近付いて小声で言った。

「欽兵衛さんはいますか。お二人にお話が」

　ただならぬ様子に、お美羽は長屋の連中がこちらを見ていないのを確かめてから、幸右衛門を家に招じ入れた。

　座敷に座った幸右衛門は、欽兵衛とお美羽を前にして、開口一番言った。

「美濃屋さんが、亡くなりました」

　えっ、とお美羽は目を丸くした。先日会ったときは、元気そうだったのに。

「急な病ですか」

　欽兵衛が聞くと、幸右衛門はかぶりを振った。

「今朝、竪川に浮いているのが見つかりました。昨晩帰らなかったので、店の者が捜していたそうですが、四ツ目之橋の少し上手で人だかりがしていて、覗き込んだところ……」

　幸右衛門はそこまで言うと、嘆息して肩を落とした。

「では……川に落ちて溺れてしまったと」

「そのようです。誠に残念なことで」

　人の運とは、わからないものですと幸右衛門は呟くように言った。

「たまたま盆栽のことで用事があって、うちの者を使いに出していたのですが、美濃屋さんに着いてみたら大騒ぎで……聞けることを聞いて、知らせに戻ったのです。それで私も、又秀さんにお知らせすべきだろうと思いまして、伺いました」

　それはそれは、ありがとうございますと欽兵衛とお美羽は揃って頭を下げた。

「又秀さんを呼んで来ます」

　お美羽はすぐに立ち、又秀のところに行った。お喜代たちがいつも通りに声をかけようとするのを手ぶりで抑え、又秀の障子を叩く。幸い又秀は中にいて、すぐ障子を開けて笑顔を見せた。だが、お美羽がひと言、美濃屋の訃報を囁くと、一瞬で顔色が変わった。

「すぐ行きます」

又秀とお美羽は、何事かと硬い表情になったおかみさんたちを尻目に、小走りで家に戻った。

「おお、又秀さん。しばらくでした。こんな知らせでお会いするのは心苦しいが……」

又秀の顔を見るなり、幸右衛門は済まなそうに美濃屋のことを伝えた。又秀は膝を揃え、神妙に聞いている。

「どうして美濃屋さんは、川に落ちたりしなすったんでしょう」

一通り様子を聞いた又秀が、ぼそりと漏らした。それはお美羽も知りたいと思ったが、幸右衛門は答えを持ち合わせていなかった。

「さあ、私もそこまでは。お弔いにはお参りするんでしょう。その時に」

葬儀の場では、もう少し詳しいことが聞けるだろう、と幸右衛門は言いたかったようだ。が、又秀は俯いたままかぶりを振った。

「いえ、伺うのはよしておきましょう」

え、とお美羽たちは驚いた。又秀は美濃屋にずいぶんと世話になったはずなので、当然葬儀に行くと思ったのだが。

「お参りされないのですか」

「私のような者が行ったら、却って御迷惑でしょう」

そんなことは、と皆が言いかけると、又秀は幸右衛門に向かって頭を垂れた。

「わざわざお知らせをいただき、ありがとうございました」

それだけ言って又秀は背を向け、縁先から出て行った。お美羽たちは、呆気にとられた。

「どうしたのかね、又秀さんは。不義理をする人とは思えないが」

欽兵衛は幸右衛門が不快に思わなかったか、窺うようにして言った。幸右衛門は、ただ当惑している様子だ。

「美濃屋さんに顔を出せないような不始末でも、あったんでしょうか」

お美羽は口に出してみたが、自分でもそんな風には思えなかった。

「まあ、又秀さん自身が決めることですからな。では、私はこれで」

幸右衛門は気を取り直したようで、役目は済んだとばかりに引き上げた。

「……どうも、気になるわねえ」

幸右衛門を見送って座敷に戻ったお美羽は、欽兵衛の前で首を捻った。

「うん、確かに又秀さんの態度は腑に落ちないが、それぞれに事情はあるだろうから」

欽兵衛は、自分自身を得心させるかのように言った。

「その事情が、おかしなものでなきゃいいんだけど」

欽兵衛は、お美羽の含みのある言い方が気になったようだ。

「何だね、お前また、首を突っ込もうと言うのかい。やめておきなさい。誰だって、あまり言いたくないことを探られるのは嫌なもんだよ」

「いや、そういうんじゃないんだけどね」

お美羽は思案しながら言った。

「何て言うか……又秀さん、どうも美濃屋さんが亡くなったのは、たまたまの災いとは思ってないんじゃないか、って気がしたの」

欽兵衛は「え」と眉をひそめた。

やはり又秀は、美濃屋の通夜にも葬儀にも行かなかったようだ。あれきり、顔を合わせても又秀から美濃屋の話は出なかったし、お美羽も敢えて自分からそれを持ち出しはしなかった。又秀の普段の様子にも、これと言って変わったところはないように思えた。

ちょっと考えた末、お美羽は南六間堀（みなみろつけんぼり）の岡っ引き、喜十郎（きじゅうろう）のところへ出向いた。喜十郎は入舟長屋のある北森下町を含む界隈を縄張りにしており、お美羽たちとも付き合いは深い。喜十郎なら、岡っ引き仲間の伝手（つて）から美濃屋のこともいろいろ聞いているのでは、と思ったのだ。

番屋に姿が見えなかったので、頃合いを見計らって家の方に行った。喜十郎は長火鉢の前で胡坐（あぐら）をかき、煙管（キセル）を使っていた。界隈をひと回りして「御用聞き」をしてきた後、一服しているようだ。お美羽が一声かけて入って行くと、喜十郎は煙管を咥（くわ）えたままじろりと一睨みして、手招きした。

「おう、お美羽さんか。まあこっち来て座りな」

子分たちは見えず、喜十郎の女房も台所にいるようで、庖丁を使う音が微かに聞こえる。内々の話を聞くには丁度良さそうだ。お美羽は遠慮なく長火鉢を挟んで座った。

「あんたの方から来るときは、だいたいろくな話じゃねえからな。今度はどんな面倒を持ち込もうってんだい」

「まあ、ずいぶんなご挨拶ですこと」

お美羽は膨れっ面をして見せたが、言葉とは裏腹に喜十郎は面白がっているようだ。これまでずいぶんと捕物の手助けをしてきたのだから、邪険にされるいわれはなかった。

「早速ですけど、徳右衛門町の美濃屋さんが亡くなったこと、お聞きになってます？」

「美濃屋？　ああ、竪川沿いの瀬戸物屋か」

正しくは瀬戸物だけを扱っているのではなく、もっと高い焼物の店だが、まあ細かいことはいい。

「確か三日前の朝早く、四ツ目之橋辺りで竪川に浮いてるのが見つかったということですよね」

「ああ、そうだ。昨日が葬式だったと思うが」

「どうして川に落ちたりしたんでしょう」

「どうして、だと」

　喜十郎の目付きが、急に鋭くなった。

「そりゃあ、酔って足を滑らせたか踏み外したか、そんなとこだろう」

「でもあの辺って、四ツ目之橋からこっち、道が広くなりますよね。そこで踏み外すっていうのは」

「あそこは火除地（ひよけち）になってるから、灯りはねえ。足元が暗くて、踏み出しを間違ったんじゃねえか」

「暗いったって、提灯（ちょうちん）くらい持ってたでしょうに」

　言い返すと、喜十郎は言葉を切ってお美羽をねめつけた。

「なんで美濃屋のことを知りたがる。普段、徳右衛門町の店なんかと付き合いはねえだろ」

　何かネタでも摑んでるのか、と探るような目をしてくる。隠すことでもないので、お美羽は又秀の話をした。

「その又秀ってのと、幸右衛門さんを介しての知り合いってわけか」

喜十郎はまだ疑わしそうな目付きをしている。

「で、あんたとしちゃ、その又秀の様子が気になる、と」

「ええ、まあ、勘繰り過ぎかもしれませんけど」

答えながらお美羽は、おや、と思った。お美羽が何かの疑いを抱いて話を持ち込むと、大概の場合喜十郎は、そんなどうでもいいことに付き合ってられるか、と突き放してくる。俺は忙しいんだという見栄もあるだろうが、手柄になりそうだという証しを添えないと、なかなか乗ってこないのだ。だが今は、お美羽の話を切って捨てるような気配がなかった。何かある、とお美羽は直感した。

「美濃屋さんは、どこかへ行った帰りだったんでしょうか」

喜十郎は、僅かに躊躇いを見せたが、話してくれた。

「横十間川を越えた先の北松代町に住んでる、小唄の師匠ンとこだ。五日に一度、習いに行ってたそうだ」

徳右衛門町から北松代町なら、十五町くらいか。通うにはまずまずの遠さだが、日が暮れて通うものだろうか。それを聞くと、喜十郎はちょっと下卑た笑いを浮かべた。

「その師匠ってのが、二十五、六の渋皮の剝けた女でな。唄なんざ二の次で、鼻の下を伸ばして粉を掛けにせっせと通ってたのさ」

ああ、そういうことね。もしかして、女絡みで曰くがあるのかと思い、喜十郎の顔色を窺った。が、何も匂わせてはいないようだ。思い切って、正面から聞いてみた。

「縄張りから離れた店の話なのに、詳しいですね。もしかして、美濃屋さんの死に方について、八丁堀のお方が何かお考えとか」

喜十郎がたじろいだ。図星を指したらしい。お美羽は畳みかけた。

「教えていただけませんか。万一、又秀さんが何か関わっているなら、お役に立てることもあるかもしれませんし」

あまりこっちからお役に立ちたくはないが、そこは方便だ。喜十郎はまた少し躊躇ったが、まあいいか、と口を開いた。

「ここに、傷があったんだよ。拳よりひと回り大きいくらいかな」

喜十郎は自分のこめかみに指を当て、その辺りを丸く囲んだ。お美羽は眉を上げた。

「傷、ですか」

「ああ。赤黒くなってた。落ちた拍子に川の中の杭か石にぶつけたのかもしれねえが、それらしい杭も石も、あの辺には少ねえ。まあ、五分ってとこか」

「じゃ、残りの五分は……」

喜十郎の顔が険しくなった。

「誰かと揉めたか襲われたかで、顔を殴られて気を失い、そのまま川へ落ちた。或いは、放り込まれた。それが八丁堀の青木様の見立てだ」

喜十郎からは、又秀のことをもっと詳しく教えろと言われた。しかし又秀は入舟長屋に来てひと月も経っておらず、お美羽も美濃屋から聞いた以上のことは知らない。喜十郎は、それなら又秀から目を離すな、と念を押した。私はあんたの子分じゃないんですけど、とお美羽は言い返したかったが、話を持ち込んだのは自分なので、おとなしく長屋に帰った。

美濃屋は殺されたのかもしれない、と言うと、気の小さい欽兵衛は忽ち青ざめた。

「何だって。青木様はそんなことをお疑いなのかい」

北町奉行所の定廻り同心、青木寛吾にはいろいろ世話になっており、欽兵衛も馴染みだ。お美羽がしょっちゅう捕物に首を突っ込むので最初は睨まれたが、お美羽の頭の冴えを見て、近頃では黙って手伝わせるようにまでなっていた。人となりは、堅物で公正。細かいこともおろそかにしないので、八丁堀では石橋を大槌で叩かないと渡らない、などと言われているが、手柄に関しては他に抜きん出ていた。おそらく今度のことでも、並の同心なら足を踏み外して溺れたと片付けてしまっただろうが、青木は生半可な見立てはしない。青木が殺しを疑うなら、五分五分どころか七割がたそうなのではないか、とお美羽は思っていた。

「しかし、本当に殺しだとすると……」

欽兵衛は怯えたように、長屋の方へ目をやった。美濃屋の訃報を聞いたときの又秀の解せない態度を思い返しているのだろう。それはお美羽も同様だった。さすがに又秀が下手人とは思えないが、何か知っているのは間違いなさそうだ。

それでも、無理に聞き出すのは気が引けた。長屋の連中に話して見張ってもらおうか、とも考えたが、せっかく和気藹々としている住人同士で、そういうことはさせたくなかった。それでは、どうしたものか。

「ほう、なるほど。青木さんが、な」

山際辰之助は、お美羽の話を聞いて何度も頷いた。

「そういうところを見逃さないのは、さすがだ」

山際はお美羽の縁で青木と知り合い、今では時々一緒に飲んでさえいる。青木の腕については、山際も大いに信を置いていた。

「お父っつぁんは殺しかもと聞いた途端、震え上がっちゃって。まさかと思うけど又秀さんはもと盗賊か何かで、身を隠すのに美濃屋さんが手伝った挙句、口封じされたなんてことはないだろうね、なんて言い出す始末ですよ」

山際は笑い声を上げた。

「欽兵衛さんも、ずいぶんと大層なことを考えるようになったな。お美羽さんの影響ではないか」

ええっとお美羽は顔を火照(ほて)らせる。横で聞いていた山際の妻女、千江(ちえ)が「それはお美羽さんに失礼ですよ」と口を挟んだ。山際は「いや、済まん」と頭を掻く。

「しかしどう見ても、又秀にはそんな恐ろしい相は出ておらんな」

「顔の相、ですか」

　お美羽が何となく頷くと、千江も言った。

「そうですね。話しかければ本当に愛想よく接してくれますし、物腰に品があります」

　その印象は、長屋の誰もが口にするところだ。

「実は大きな畳屋のご主人だった、ということですから」

「そうだったのですか。やはり職人さんではなかったのですね」

　そのことを初めて聞かされた千江は、僅かに首を傾げた。

「でも商人の方の物腰とは、少し違うような。雅、と言っては言い過ぎでしょうが、商い事とは別の何かで培われたものではないかと存じますが」

「は？　それはその、浮世離れした、というようなことでしょうか」

「あ、いえ、それほどのことでは。済みません、差し出たことを申しました」

　千江は頬を赤らめて恥ずかしそうに目を伏せた。やっぱり奥ゆかしい人だなあ、とお美羽は胸の内で思う。

　欽兵衛には気付かれていないが、お美羽は以前、山際の男ぶりに惹かれて熱を上げていたことがあったのだ。その時は山際が妻帯していると知らず、後で千江と娘の香奈江のことを聞き、地震と雷に同時に遭ったような気がしたものだ。万事控え目の千江は跳ねっ返りのお美羽とは真逆で、この人には敵わないと悟っているものの、今でもたまに胸がちくりとすることがあった。

「いやいや、実は私もそう思っていたのだ」

山際が言ったので、千江が驚いたように顔を上げた。

「まあ、あなたも」

「うむ。商売上手の商人にありがちな灰汁の強さも、商売下手な商人の軽さも、持ち合わせてはおらんようだ。極端に言うなら、商人より寺僧や公家に近いかもしれん」

「はあ、そんなものですか」

お美羽は曖昧に応じた。が、言わんとすることはわからなくもない。ぼんやりとだが、お美羽もそんな感じを受けていたのだ。栄吉やお喜代に話しても、ピンと来ないだろうが。

「もし商人でなかったら、いったいどういう素性なんでしょう。当人に聞いても、たぶん本当のことは言わないでしょうね」

「それはそうだろうな。しかし、聞けるところはあるのではないか」

　山際は何か思い付いたようだ。

「聞けるところ、と言われますと」

「例えば、美濃屋の店の者などはどうだ。主人が亡くなって取り込んでいるだろうが、又秀が美濃屋の主人のもとに出入りしていたなら、覚えておるだろう」

　ああ、なるほどと思ったところで、障子が勢いよく開いた。

「父上、母上、ただいま。あ、お美羽さんも」

　元気な声と共に五歳の娘、香奈江が帰って来た。難しい話はそこまでで終わった。

四

　庄治郎の初七日が済んだ翌日、お美羽は美濃屋を訪れた。

「ああ、先日、町名主の幸右衛門様から文でお知らせいただいた方でしたね」

　幸い応対に出た番頭は、お美羽のことを覚えていた。店は今日から開いているようだ。奥に通されたお美羽は、型通りにお悔やみを述べ、仏壇に手を合わせてから番頭に聞いた。

「お店はお続けになるのですね。若旦那様が継がれるのですか」

庄治郎に息子がいるのかは知らなかったが、こうして店を開ける以上は跡継ぎがいるのだろう。

「はい、左様でございます。ご挨拶させていただくところですが、生憎(あいにく)出ておりまして」

内儀と若旦那は、世話になっている先々へ挨拶に回っているそうだ。お美羽は、又秀のことを聞くとしたらどっちだろう、と考えた。庄治郎の商いに精通しているのは、たぶん番頭の方だ。又秀についても、同様かもしれない。

「あのう、亡くなられた旦那様からご紹介いただきました、又秀さんのことなのですが」

お美羽は、又秀が葬儀に不義理をしたことを大家として詫びる形で、又秀が美濃屋に足を運ぼうとしない理由を探るつもりだった。ところが、番頭の答えは意外なものだった。

「は？　又秀さんというお方ですか。申し訳ございません、手前は存じませんで」

治三郎（じさぶろう）と名乗った番頭は、驚くお美羽に済まなそうに言った。

「千住で畳屋さんをやっておられた方です。ご紹介いただいてうちの長屋に入られました。旦那様とはずっと以前からのお付き合いと聞いておりましたが」

「出入りの畳屋さんは、菊川（きくかわ）の井原屋（いはらや）さんです。千住の方となりますとだいぶ遠いですから、畳屋さんとのお付き合いはないと思いますが」

もっともな話である。庄治郎も、又秀に畳を入れてもらったとは言っていない。

「いえ、若い頃のご縁だとかで、商いとは別かと」

「はあ……それですと、手前にはわかりかねます」

「お内儀と若旦那ならご存じでしょうか」

「さあ、どうでしょうか。ずっと昔からお付き合いが続いていたなら、存じているかもしれませんが、であれば手前も承知していたはずですし……」

　これはおかしいな、とお美羽は思った。庄治郎は又秀のことを、店の者たちにも隠していたようだ。やはり畳屋だったというのは怪しい。いったい何者だ。

　お美羽は聞き方を変えてみた。

「では、千住とかそちらの方で、旦那様のお知り合いの方にお心当たりはございませんか」

「さて、それは……」

治三郎は首を捻った。話の筋が見えず、だいぶ困っているようだ。お美羽はもうひと押しする。

「せっかくご紹介をいただいたのに、素性があやふやなままでは、大家として面目が立ちません。何とかお汲み取り願いたく存じます」

暗に、怪しい奴を押し付けたのならそっちの責任だぞ、と言ったのだ。治三郎はそれを解したらしく、仕方ないというように嘆息した。

「畳屋さんと限らずに、ですか。左様でございますね……千住では思い当たりませんが、もっと広く、上野浅草を越えた北の方、ということであれば、なくはないかと……」

お美羽はその言葉を逃さなかった。

「おられるのですね。でしたら、お願いがございます」

お願い、と聞いて治三郎がびくっとする。

「な、何でございましょう」

「面通しをしていただけないか、と」

「え、面通しとおっしゃいましたか」

治三郎は目を剝いた。

手こずったが、さんざん粘ってようやく治三郎にうんと言わせた。今日はさすがに無理だが、明日の夕方なら、とのことで、ならば夕七ツ（午後四時）にお迎えに上がる、とお美羽は告げた。その刻限なら又秀はいるはずだ。

翌日美濃屋に行くと、治三郎は観念したように待っていた。若旦那も出て来て、父が何かご迷惑をかけたのならそのままにはできませんから、どうぞ治三郎をお使い下さい、とまで言ってくれた。なかなかしっかりした若旦那で、これなら美濃屋も心配ないだろう。ただ、やはり又秀については何も知らなかった。

入舟長屋に着くと、お美羽は治三郎を自分の家の座敷に上げ、欽兵衛に相手を任せて又秀がいるかどうか、確かめに行った。

「又秀さんですか。ええ、四半刻（約三十分）ほど前に帰って来ましたよ。これから湯屋に行くそうです」

井戸端にいたお糸が教えてくれた。これは好都合だ。お美羽はすぐ家に戻り、縁先から治三郎を呼んだ。

「済みません、庭に下りてその植込みの陰にしゃがんで下さい。そこから又秀さんの住まいが見えます。もうじき出て来ると思いますので」

治三郎はまだ気乗りがしない様子だったが、言われるままに植込みの後ろに入った。

「奥から二番目、あそこです」

お美羽が指差すと、治三郎は「わかりました」と応じて指す方向をじっと見つめた。

さして待つことなく障子が開き、又秀が現れた。手拭いを首に掛けているので、お糸が言った通り湯屋に行くようだ。お美羽は、あの人です、と治三郎の肩を叩いた。

治三郎に見られていることなど露ほども気付かぬ様子で、又秀が近付いて来る。木戸へ向かって植込みの傍を通るとき、お美羽は立ち上がって「行ってらっしゃい」と声をかけた。又秀はこちらを向き、笑顔で会釈した。これで治三郎にも、正面から又秀の顔が見えたはずだ。

又秀はそのまま振り返ることもなく、木戸から表の通りに出て行った。お美羽はほっとして、しゃがんだままの治三郎に、もういいですよと言ってやった。治三郎は、やれやれと立ち上がり、膝を伸ばして二、三度叩いた。

「どうでしたか」

期待を込めて聞いた。治三郎が頷きを返す。

「はい、お顔ははっきり見ました」

治三郎はそれだけ口にしてから、どう答えたものか逡巡しているようだ。お美羽は急かさず待った。

治三郎は何度か目を瞬いてから、腹を括ったように言った。

「正直、自信はないのですが、ここ何年かで時々店に来ておられた方に似ています」

よしっ、とお美羽は拳を握りしめる。

「どういうお方ですか」

「はい。茶人の庭田露風様です」

治三郎に礼を言い、念のため他言を控えるよう頼んで帰ってもらってから、お美羽はすぐに山際を呼び、欽兵衛と三人で今の話について考えた。

「茶人とは、ねえ」

欽兵衛は腕組みして唸った。盗賊の類いかとの心配は杞憂だったが、却って頭を悩ませているようだ。

「茶人であれば、あの物腰もなるほどと思えるな」

山際が言った。職人風でも商人風でもなく、寺僧や公家に近いという山際の感触には、ちょうど当て嵌まる。

「そんなお人が、どうして畳職人なんかに扮してうちの長屋に」

当然の疑問だが、事情を知っていた美濃屋には、もう聞くことができない。

「本人に質すしかないかねえ」

「でもお父っつぁん、本当のことを言ってくれるとは限らないでしょう」

治三郎にしても、間違いなくその露風とかいう茶人だと言い切ってはいない。又秀に問うても、何かの間違いですと言われればそれまでだ。

「大家さんもお美羽さんも、どうしても又秀の素性をはっきりさせたいのかな」

山際は、改めて確かめるように聞いた。素性を知られたくないなら、そっとしておいてやるのも一つの手だ、と言うのだろう。それで長屋の者たちに迷惑がかからなければ、割り切ってもいい。

「うーん……でもやっぱり、どんな事情なのかが気になるんですよね」

ただの酔狂なら放っておいても構わないが、厄介事に巻き込まれて身を隠したのなら、いずれ長屋に累が及ぶこともあり得るだろう。はっきりさせておくに越したことはない、とお美羽は思っていた。欽兵衛も「そうだね」と同意したので、山際は「わかった」と頷いた。

「では、その庭田露風という茶人について、調べてみねばなるまいな」

「ですよね。でも、お茶の方には縁がなくて……」

お美羽はちらりと欽兵衛を見る。活発過ぎるお美羽を案じて、花嫁修業にお琴やお花、お茶は、と欽兵衛に言われたことがあるのを思い出したのだ。お美羽の家の暮らし向きからすれば、背伸びし過ぎだが、それだけ欽兵衛は心配しているということだ。

「確かにうちには縁がないが……」

欽兵衛はしばらく考えて、言った。

「寿々屋さんはどうだろう。旦那様なら、茶の道にも造詣がおありなんじゃないか」

ああ、その手があったか。

入舟長屋の家主である寿々屋は、本所相生町（あいおいちょう）に間口十七間の店を構える小間物の大店である。齢（よわい）五十六になる当主の宇吉郎（うきちろう）は、訪れたお美羽をにこやかに迎えた。

「どうもお美羽さん、この前はずいぶんとお世話になりましたな。あれは誠に助かりました」

お美羽の前に座った宇吉郎は、先頃寿々屋が関わったある家にまつわる一件について、礼を述べた。その解決に当たって、お美羽が大層な働きをしたことは、宇吉郎も重々承知している。

「さて、本日はどのようなお話ですかな」

「はい。実は、少々お頼み事がございまして」

ほうほう、と宇吉郎は目を細める。

「お美羽さんの頼みであれば、何なりと」

「ありがとうございます。不躾ながら、旦那様は茶道の方はどれほど」

「おや、お茶の話とは珍しい」

普段のお美羽には似つかわしくない話なので、宇吉郎は面白そうに応じた。

「まず嗜む程度で、深いところまではなかなか。もしや、お茶を習いたいとお望みですかな」

「あ、いえ、そういうことではなくて」

お美羽は少し照れ臭くなった。

「先日入舟長屋に、又秀という人が越してきたのですが、それに関わることです」

「ふむ、確か幸右衛門さんの口利きで来られたお人でしたな」

何かありましたか、と問う宇吉郎に、お美羽はこれまでのことを漏れなく話した。

宇吉郎は、興味を引かれたようだ。

「なるほど、ご心配はわかりました。まずは庭田露風というお人について知りたい、ということですな」

全て察したように、宇吉郎が言った。

「そうなのです。お聞きになったことはございますか」

「いや、私は存じません。ですが、茶の師匠の伝手で探ることはできます」

「まあ、お問合せいただけるのですか。そんなご厄介をおかけしては……」

「なに、私もお話を聞いて気になってまいりましたから。そうですな、何かわかったらお知らせします。二、三日もあればよろしいでしょう」

「恐れ入ります。何卒よろしくお願い申し上げます」

お美羽は畳に手をついて丁重に礼を述べた。

「構いませんとも。それで、お美羽さん」

宇吉郎は、少し言葉を改めて言った。

「もしこのことで長屋に災いがあるようなら、どうか長屋の皆をお願いします」

え、とお美羽は顔を上げる。

「ええ、もちろんです。どうかお案じなく」

「ただし、無理はなさらぬよう。御身が一番大事ですから」

「あ、はい、心しております」

ずいぶん心配してくれるんだな、とお美羽は嬉しく思った。だが、少し大袈裟かも。そんな大層なことになりはしまい。

宇吉郎には何か予感があったのだろうか。本当に大ごとになるのは、しばらく経ってからだった。

五

宇吉郎が言った通り、三日目に手代の壮助が、お美羽を呼びに来た。

「先日お話しされた件で、旦那様がお越し願いたいと申しております」

お美羽は欽兵衛に出て来ますと声をかけてから、急いで寿々屋に向かった。

座敷に通ると、宇吉郎は既に待っていてくれた。さっと膝をついて、手を煩わせたことを詫びると、宇吉郎は「とんでもない」と首を振り、余分な世間話をせずにすぐ本題に入った。

「お尋ねの庭田露風について、入舟長屋のことは一切出さずに師匠に尋ねてみました。そのお方、三月(みつき)ほど前から行方知れずになっておるそうです」

ああ、やっぱりそうかとお美羽は小さく溜息をついた。

「又秀さんが入舟長屋に来たのは、いつでしたかな」

「おおよそひと月ほど前です」

「では、又秀さんが露風なら、その前二月(ふたつき)ほどは別のところに隠れていたことになりますな」

「おそらく、美濃屋さんの世話になっていたのでしょう」

ふむ、と宇吉郎も首肯する。

「私もそう思いますな」

「露風さんは、どうして姿を隠したりしたのでしょう」

「それなのですが、どうも何か良くないことに関わってしまったようで」

お美羽は眉をぴくりと動かした。厄介事の気配がしてきた。

「良くないこと、とは。何か御定法(ごじょうほう)に触れるような……」

「いや、師匠はそれ以上のことはご存じないそうです。ただ、茶の湯の界隈ではいろいろ噂が飛んでいるらしいですな」

その噂は、当てにできるようなものだろうか。宇吉郎はお美羽の考えを読んでか、先に言った。

「噂は、人を傷付けたとか女絡みであるとか、様々ですからあまり信じてはいけないでしょう。ですが、師匠は事情を知っていそうな人に心当たりがあると。根津の、水谷藤白という人ですが」

「その方も茶人ですね。露風さんのお知り合いですか」

「はい。訪ねてみられますか」

そうしたかったが、お美羽は躊躇った。

「でも、私などがお伺いしたところで、事情をお話し下さるでしょうか」

「なあに、それは」

宇吉郎はニヤッと悪戯っぽく笑った。

「お任せなさい。きっと話してくれますよ」

あ、そういうことか。宇吉郎から手を回してあるのだ。

「ありがとうございます。そうまでしていただいて」

「ですが、充分お気を付け下さい」

宇吉郎は真顔になり、念を押すように言った。

水谷藤白の家は、根津権現の門前町の一角にあった。塀を巡らせた敷地は、三百坪ほどだろうか。周囲には寺や小禄の武家屋敷が集まっており、閑静だった。表は簡素な門構えで、そこを入るとご免下さいと呼ばわる前に下働きの白髪の男が出て来た。初めて訪れたお美羽を見て、少し訝し気な顔をしたものの、来意を告げるとすぐ取り次いでくれた。下女らしい姿もちらりと見えたが、家族はいないようだ。藤白は独り者らしい。

「お待たせいたしました。水谷藤白でございます」

座敷に出て来た藤白は、四十を超えた辺りだろうか。総髪にした頭に、幾らか白いものが交じっている。なで肩で、体つきは又秀よりやや太めだ。顔はツルンとしているが、泥鰌髭でもあれば様になりそうな気がした。

「北森下町から参りました、美羽と申します」

挨拶すると、承知していますという風に藤白は一礼した。

「相生町の寿々屋さんのご縁者の方ですな。宗円殿から聞いております。何なりとお尋ね下さい」

宗円というのは、寿々屋の師匠だ。この愛想の良さからすると、宇吉郎の力はお美羽が思っているよりずっと大きいようだ。茶人は自ら商いをするわけではないから、大名旗本や大店の後ろ盾がどうしても必要なのだろう。

「はい、ありがとうございます。藤白様は、こちらで茶の湯をお教えになっているのですか」

「左様です。小人数の茶会などもこちらで催すことがあります」

あれが茶室です、と藤白は開いた障子から見える離れのような建物を指した。手前はよく手入れされた庭で、配された石には苔が生え、植込みは綺麗に丸く刈られていた。お金がかかっていそうだな、とお美羽は下世話なことを考える。

「庭田露風様とお親しかったそうですが、露風様もよくこちらへ？」

露風の名が出ると、藤白は一瞬、顔を顰めた。

「よく存じてはおりますが、親しい、というほどでは。はい、こちらへ来られたことも何度か。互いの茶会にも、二、三度ずつでしたが出ております」

その答え方からすると、露風と親しく交わっていたとは公言したくなさそうだ。

お美羽は構わず、踏み込むことにした。

「露風様は、ここしばらく行方知れずと聞いておりますが、そのご事情についてはご存じでしょうか」

　直截に聞かれたことに、藤白は微かに眉をひそめた。が、すぐ咳払いして、逆に尋ねた。

「露風さんとは、どういう関わりでいらっしゃいますか」

「知人が、町で露風様に似た方を見たそうなのですが、服装が常とは違っており、声をかけようとすると逃げるように去られたとかで、心配しておりまして」

　作り話だが、嘘と疑われる理由もないだろう。藤白は、そうですかと言ったきり何か思案していたが、寿々屋の名前が効いているようで、ほどなく「あまり他言はしないでいただきたいのですが」と前置きして話し始めた。

「お美羽様は、本阿弥光悦をご存じですか」

「あ……はい」

　光悦は茶人であり、陶芸作者でもあり、書家でもある。二百年近く前の、東照権現様が江戸を開かれた頃の人で、長屋の暮らしには縁はないが、粋人の間では知らぬ者はないだろう。お美羽が知っているのは、手習いの書の手本として出てきたからだった。

「光悦様の作の何かに関わるお話でしょうか」

藤白は、得たりと頷いた。

「ご存じならば話は早い。去年、光悦の作という茶碗が幾つか、世に出ました。それで名のある数奇者の方々が、こぞって買いたいと手を挙げられたのです」

「大勢が買いたがるということは、光悦様の茶碗というのは、珍しいものなのですか」

「光悦の茶碗が売りに出るようなことは、滅多にございません。本物の数がさほど多くないもので」

「それはつまり、偽物が多いということでしょうか」

おや、と藤白が眉を上げた。

「察しのいいお方ですな。その通りです。実は去年出た茶碗も、偽物だったのです」

まあ、とお美羽は驚いた。

「誰か、見破った方がいたのですね」

「はい。詳しくは聞いておりませんが、さる骨董商の方のようです。お城の御用も務めるような、権威あるお方らしいのですが」

「そうですか。それで……」

露風はどこで関わるんだ、と聞こうとしたのを受けるように、藤白が言った。

「初めに、それを本物だと鑑定した人がいるのです。買った皆様は、それを信じたのです」

お美羽は、ぎくっとする。

「もしや、その鑑定をなすったのが露風様ですか」

その通りです、と藤白は苦い顔で肯定した。

「では……露風様は、鑑定をしくじったのを恥じて身を隠されたと？」

「しくじった、ということなら、まだよろしいのですが」

藤白は目を伏せ、溜息をついた。

「贋作と承知の上で本物と偽ったのではないか、と疑われております」

ええっ、とお美羽は眉を吊り上げた。

「それは、詐欺ではありませんか」

「おっしゃる通りです。売主と結託して、少なからぬ金子を懐にしたのでは、と」

「いったいその茶碗、幾らで売られたのです」

「一つが三百両だった、と聞いております」

三百両！　お美羽は絶句した。たかが茶碗に、なんと法外な。

「それが幾つかあったのですね」

「四つか五つでしょう。ですから、千二百両から千五百両になりますね」

目が回りそうになる。そんな荒稼ぎをやったのなら、露風の懐にも二、三百両は入っているのではないか。

「売主はいったい、何者だったのですか」

「それは、よくわかりません。買ってしまった方は、ひた隠しにされますでしょうし」

「お役人はどうされたのです。それだけのお金が絡むなら、もちろんお調べがされているはずでしょう」

「それが、ですねえ」

　藤白は、怪しからぬこととばかりに、顔を歪めた。

「この一件、蓋をされてしまっているのです」

「蓋を？　まさか、なかったことに？」

　頭に八丁堀の青木の顔が浮かんだ。千両を上回る詐欺にお役人が目をつぶるなんて、本当なら問い詰めなくては。

「あくまで噂ですが、お買いになった方の中には、お大名もおられたようです。おそらく、お家の恥になるようなことが表沙汰にならないよう、動かれたのでは」

「お大名ですか？　でも、他の方々は黙っていられるのですか」

　それもですねえ、と藤白は残念そうに言う。

「何しろ、茶碗一つに三百両出すようなお方です。世に知られた大店か、そういう類いの方でしょう。名前が出て恥になるのは、お大名と同じです。高くついたがこれも勉強、と諦められたんではないでしょうか」

　なるほど。三百両をどぶに捨てても、騒ぎ立てない方が得策と考えたのか。確かにありそうだが、詐欺を行った連中を野放しにするというのは、どうにも頷けない。

「露風様が鑑定したというのは、確かなことなのですか」

改めて聞いてみた。藤白は、困った顔になった。

「確かかと言われますと、何とも。そういう話を聞いた、というだけでございます。誰から聞いたかは、ご容赦のほどを」

そう言われては仕方がない。聞けるのはここまでか、と思い、お美羽は話を終えた。

帰り道、お美羽は露風のことを考えた。又秀が露風であるなら、身を隠したのは役人の手を逃れようとしたか、詐欺に遭った人たちからの仕返しを恐れたものだろうか。だが又秀には、後悔の念に苛まれているような様子はほとんど見えなかった。そして美濃屋はどう関わるのか。美濃屋は焼物商だ。茶碗も店に並んでいた。もしや、贋作の売主は美濃屋なのか。だから露風を逃がした？　しかし番頭の治三郎は、そんなことを知っている風ではない……。

謎がどんどん湧いて来て、お美羽の頭の中をぐるぐる回り始めた。

家に戻ったお美羽は、まず又秀の様子を見に行った。露風が詐欺を働いたらしいと聞いた以上、そういう目で見れば何か今まで気付かなかったことがわかるか、と思ったのだ。

「又秀さん？　いるはずだけど」

お喜代に聞いてみたら、気のない返事をした。疑わしい男、という話は亭主の栄吉から耳に入っているだろうが、何事も起きないので関心が薄れたのだろう。お美羽も、長屋の人たちに詐欺云々の話をして騒がせるつもりはなかった。

二言三言、お喜代と言葉を交わしていると、又秀が出て来た。

「やあお美羽さん、いい日和で」

いつものように、愛想よく言う。特に変わったところはない。

「又秀さん、どうかしら。仕事は何か、見つかりそう？」

「いやぁ、なかなかどうも。この年じゃあ、やっぱり難しいですなあ」

又秀は苦笑して、頭を掻いた。

「年の話はよしましょう。私もいい年になってきちゃって。動き回ってばかりいないで、嗜みに茶の湯でもやったら落ち着くんじゃないか、なんてお父っつぁんに言われてて」

茶の湯、という言葉をちょっと強めに言った。すると、ほんの瞬きする間、又秀の顔が強張った。お美羽はそれを見逃さなかった。

「茶の湯ですか。それはいいですなあ」

又秀はすぐに表情を戻し、微笑みを浮かべると井戸の方へ行った。水を汲むその背中を、お美羽はじっと見つめた。


さて、と。家の縁側に座ったお美羽は、冬が近付いてだいぶ冷たくなってきた風で頭を冷やしながら、考えた。又秀が露風であることは、どうやら間違いなさそうだ。喜十郎に話しておいた方がいいだろうか。

いや、露風の詐欺の件は、蓋をされたというのだから、喜十郎ら岡っ引きの耳には届いていないだろう。なら、青木に話すか。青木は美濃屋の一件を殺しかもと疑っているそうだから、詐欺のことと結び付けるかもしれない。その一方、蓋をした話をお美羽が蒸し返すのは、気に入らないに違いない。出過ぎた真似をするなと、どやされるに決まっている。

うーん、とお美羽は唸って頭を叩いた。どうも歯痒い。だが、どうすべきかわからない。もうしばらくは、様子見するしかないのだろうか。

六

二日後、お美羽が店賃と修理代の勘定をしているとき、思わぬ来客があった。

「お邪魔します。入舟長屋の大家さんのお宅は、こちらでしょうか」

表から声がして、近くにいた欽兵衛が応対に出る音が聞こえた。

「はい、私が大家の欽兵衛ですが、どちらさんで」

「あっ、こいつはどうも。実は、お会いしたいのはお美羽さんなんですが、おられますか」

え、とお美羽は帳面から顔を上げて耳を澄ます。若い男の声だ。続いて欽兵衛が、

「で、あんたは」と問うた。

「失礼しやした。あっしは、南本所荒井町（あらいちょう）の新兵衛店（しんべえだな）に住んでます、智之助（とものすけ）と申しやす」

「それでお美羽に、どんな用なんです」

「はあ、その」

そこで声が低くなり、お美羽は襖に近付いて聞き耳を立てた。

「庭田露風先生のことで、ちょっと……」

露風の名を聞くなり、お美羽はさっと襖を開けた。驚く欽兵衛を気にせず、上がり框に出張って座ると、「私が美羽です」と言って正面から男の顔を見た。

途端に、どきりとした。智之助と名乗ったその男は、眉はきりりと目元は涼しく、細面で艶っぽさを漂わせていた。絵に描いたような二枚目だ。お美羽は忽ち、ぽうっとなった。

「あの？」

智之助が問いかけたので、相手をぽかんと見つめていたのに気付き、お美羽は慌てて居住まいを正した。

「あー、済みません。露風さんのこと、とおっしゃいましたね」

「はい。露風先生についてお調べのようでしたんで、少しお話をと。よろしいでしょうか」

よろしいと言うか、この人、露風さんとどういう関わりなんだろう。それを聞かなくちゃ。それに、こんな素敵な人を三和土に立たせたままってわけにはいかないよね。

「どうぞ、お上がり下さい」

お美羽は当惑気味の欽兵衛を差し置き、智之助を奥へ誘った。

お美羽は対座した智之助を、改めてよく見た。年の頃はお美羽より二つ三つ、上だろうか。

見ただけでは生業はわからないが、立ち居振る舞いにがさつなところは全くなかった。これは育ちのいい人かも、とお美羽は勝手に想像する。

「突然押し掛けやして、相済みません」

礼儀正しくまず詫びてから、智之助は事情を話した。

「あっしは、露風先生には一方ならぬ恩義がありやして。ところが急に姿が見えなくなっちまったんで、こいつぁ何か悪いことでもあったんじゃねえかと、心配で捜し回ってるんでさぁ」

「ほう。露風さんとは、長い付き合いなのかい」

欽兵衛が聞くと、「ええ、そうなんで」とだけ答えた。どういう恩義を受けたのか、今は詳しく話す気はなさそうだ。

「仕事は何をやってるんだね」

「へい、鳶の手伝いみてぇなことをして、日銭を稼いでるしがない暮らしでさ。幸い、親も亡くして女房もいねえ独り者なんで、どうにかやっておりやす」

独り者なんだ、とお美羽はちょっと頬を緩ませてしまった。

「それで、私が露風さんのことを調べてると、どうしてお知りに」

お美羽は肝心なことを聞いてみた。それですが、と智之助はその澄んだ目をお美羽に向ける。何だか恥ずかしくなって、思わず俯いた。

「露風先生とお付き合いのあった方々のところを聞き回ってたんですが、そのうち藤白先生のところでお美羽さんが露風先生のことを聞いた、と小耳に挟みまして。もしかして何かご存じじゃねえか、と思って、こうしてお訪ねしたわけで」

ふむ、と欽兵衛は思案するようにお美羽にちらちら目をやりながら聞いた。

「あんた、露風さんの……その、良くない噂については知ってるのかね」

ああ、と智之助は顔を顰めた。

「詐欺を働いた、ってやつですね。聞いちゃあいますが、露風先生に限って、そんな。とても信じられねえ。俺ぁ、嵌められたんじゃねえかと思ってやす」

智之助の言葉に、力が入った。本気でそう考えているようだ。信の置ける人みたい、とお美羽は思った。

「では、露風さんを見つけたら、どうなさるおつもりですか」

お美羽は存念を聞いてみた。へい、と智之助は背筋を伸ばす。

「身を隠しなすったのは、詐欺の疑いを恥じてか、お役人の目を恐れてのことでしょう。でも、隠れていてもいい方に運ぶことはねえ。見つけたらよく話をして、濡れ衣を晴らすために一肌脱ぐ覚悟です」

智之助は、必ず俺が何とかする、という気概を見せて言い切った。お美羽は欽兵衛と顔を見合わせた。欽兵衛が無言で頷く。欽兵衛も、智之助を信用することにしたようだ。お美羽は智之助に向き直って、「ちょっとお待ちいただけますか」と言い残し、座を立って縁先から長屋の方に出た。

長屋に入ったお美羽は、又秀の家に行ってそっと障子を叩いた。智之助が来ていると言ったら、どんな顔をするか、少し心配ではあったが、そこは何とか言い含めて連れて来るつもりだった。

中から返事はなかった。障子を開けてみる。又秀の姿はなく、夜具が畳まれて隅に置いてあった。お美羽は障子を閉め、向かい側に行くと栄吉の家の障子を叩いた。中から道具で金物を叩く音がしているので、細工物作りの仕事をしているはずだ。

音が止み、障子が開いて栄吉が顔を出した。

「何だいお美羽さん、店賃なら昨日払ったところだぜ」

冗談めかして言うのを抑え、又秀の家を指差す。

「又秀さん、どこへ行ったか知らない？」

「え、又秀かい。さあな。昨日の夕方から見てねえよ。いねえのかい」

「うん。ちょっと用があったんだけどね……じゃあいいわ、仕事の邪魔してごめん」

栄吉は、見つけたらそっちに行けと言っとくよ、と請け合って、引っ込んだ。お美羽は次にお糸に聞いてみた。が、お糸も知らないと言う。一応菊造にも聞いてみたが、酔って寝ていたので役に立たなかった。

他にも聞いたが、どうも栄吉の言うように、昨日の夕方から後、又秀を見た人は見つからなかった。困ったな、とお美羽は頬に手を当てた。智之助を当てもなく待たせるわけにもいかないし、ここに露風がいるとだけ話して、出直してもらおうか。

そう考えていると、棒手振りが木戸を入って来た。天秤棒に吊った籠に、安物の下駄や草履を入れている。住人の一人、万太郎だった。

「あれ、万太郎さん。仕事に出たと思ったら、もう帰って来たの」

入舟長屋では菊造の次に怠け者の万太郎は、へへへ、と笑って頭を掻いた。

「出てはみたものの、朝から売れたのは草鞋一足だ。さっぱりなんで、引き上げて来た」

「何よもう、根気がないんだから」

そのいい加減さのおかげで、先だってはすんでのところで下手人にされかけたというのに、凝りない奴だ。

「性根を入れて商売しないと、また酷い目に遭うよ」

脅してやると、ああ、くわばらくわばら、とわざとらしく身を竦めた。

「まあいいや。あんた、又秀さんを見てない？　昨夜から見当たらないんだけど」

「え、又秀かい。おかしいな。昨夜飲みに行ったとき、湯屋に行くのに出会ったんだが」

湯屋へ？　それから帰って来ていないというのか。

「又秀がどうかしたのかい」

お美羽の顔つきを変に思ったか、万太郎が尋ねた。それを手で追い払い、お美羽は家に戻った。何だか胸騒ぎがする。

「おや、又秀さんを呼びに行ったんじゃなかったのかい」

一人で戻ったお美羽を見て、欽兵衛が尋ねた。智之助の顔を見る限り、欽兵衛からまだ又秀のことは話していないようだ。

「それが、見当たらないのよ」

欽兵衛に言ってから、お美羽は智之助の前に座った。何か大事なことと察したらしい智之助は、居住まいを正した。

「実は、露風さんらしい人がこの長屋にいるんです」

お美羽は智之助に、美濃屋の口利きで畳職人の又秀と名乗って長屋に入った男のことを告げ、人相年恰好や物腰について、できるだけ詳しく話した。智之助の目が、次第に見開かれる。

「美濃屋さんは、露風先生とは長い付き合いです。その又秀という人、露風先生に間違いないでしょう」

智之助は、はっきりと断じた。

「それで、湯屋へ行ったはずが昨夜から戻っていないんですね」

「ええ、そうなんです」

智之助は顔に懸念を浮かべ、うーんと呻いてから、「そいつは良くねえな」と呟いた。

「あの、お住まいは荒井町の新兵衛店でしたね。又秀……いや、露風さんが帰って来たら、すぐお知らせしますから」

今はそれ以上、できることはなさそうだ。智之助は懸念を消さぬままだったが、よろしくお願いしやす、と頭を下げた。

お美羽は長屋に取って返すと、寝ていた菊造を叩き起こし、万太郎も一緒に引っ張り出した。

「な、何だよお美羽さん。何かあったのかい」

「今すぐ、又秀さんを捜して。どこであれ見つかったら、長屋に連れ戻して」

二人は、「はあ？」とお美羽を見返した。

「いったいどうしたんだい。俺たちだって、暇ってわけじゃ」

長屋で一番の暇人が、何をぬかすか。

「四の五の言うな。駄賃はあげるよ」

駄賃、と聞いた途端、二人は「合点だ」と叫んで木戸から飛び出した。

菊造と万太郎は、日暮れ前に戻って来た。その顔を見たお美羽は、駄目だとすぐに悟った。

「いやあ、さんざん捜して足を棒にしたんだが、見つからねえ」

思った通り、菊造は手を振りながら言った。

「湯屋へ行って聞いたんだが、又秀が来たらしい、ってのはわかった。ちょうど今時分、七ツ半（午後五時）のちょっと前頃だって話だ」

「そうなの？　で、いつ頃湯屋を出たの」

「それがなあ、その後混み合ってきたんで、番台の奴ぁ又秀が出たかどうかは覚えがねえってんだよ」

仕事終わりに汗を流して帰る職人は多い。七ツ半から暮れ六ツ（午後六時）頃なら、そうした連中で混んでいた、というのはわかる。

「けど、丸一日湯に入ってるわけがねえから、出たのは間違いねえ」

万太郎が、当たり前のことを言った。

「湯屋からここまでの道筋で、又秀さんを見た人もいないの？」

湯屋まではせいぜい三町ちょっとだから、その間で消えてしまうとは解せない。

「道筋の居酒屋とかで何人かに聞いてみたが、誰も知らなかった」

居酒屋？　ははあ、又秀捜しにかこつけて、しばらく飲んでたな。じろりと睨むと、二人とも目を逸らした。足を棒にしたなんて、よく言ったものだ。

「しょうがない。ほら、お駄賃」

お美羽は財布から五文ずつ出して渡した。

「え、たった五文？」

「大方は徳利を前にとぐろ巻いてたんでしょ。文句言わないの」

菊造と万太郎は、渋々といった態で五文を懐にしまった。

「まあ、何かの都合で遠くへ出たのかもしれねえし、日暮れには帰って来るかもしれねえぜ」

　菊造は気休めを言ったが、そうは思えなかった。

「帰って来なかったら、明日も捜すかい」

　万太郎がさらに駄賃を期待するように言った。

「いいえ、もういいわ」

　お美羽はすげなく断った。湯屋の道筋で何もなかったなら、この連中が闇雲に歩き回ってもさして役に立たないだろう。

「なあお美羽さん、又秀に何かあったのかい」

　さすがに心配になったらしく、菊造が聞いた。お美羽はかぶりを振った。

「それを私も知りたいのよ」


「又秀が戻らないのか。それは気になるな」

　日が暮れても又秀の姿は見えず、お美羽は山際に相談した。山際は眉をひそめる。

「智之助とやらの話によると、又秀が露風であることは間違いないんだな」

「ええ、そのようです」

山際には、藤白から聞いた話をしてあった。それを考え合わせると、放ってはおけないだろうな、と山際は言う。

「喜十郎親分に話しておいた方が良かろう」

山際の言う通りだと思い、翌朝、お美羽は早速喜十郎のもとに出向いた。

「ふん。その又秀が一昨日の晩からいなくなった、ってぇのか」

喜十郎は、それがどうしたと言わんばかりに応じた。

「いい年をした大人が、一日や二日消えたところで、何だってんだい」

普通ならその通りだが、これは普通のことではない、とお美羽は思っている。

「でもですねえ、又秀さんは、本当は茶人なのに故あって身分を偽ってるんですよ」

庭田露風については、大雑把にだけ話した。案の定、喜十郎は詐欺云々については何も聞いておらず、いい顔をしなかった。

「その露風だか何だかが悪巧みしたってのか。けど、又秀とその露風が同じ奴だって証しはねえだろうが。今のとこ、似てるってだけじゃねえか」

少なくとも、又秀が何か罪になることをやった、というはっきりした話がなけりや、こいつの出番じゃねえ、と喜十郎は神棚に置いてある十手を指して言った。

「でも、美濃屋さんのことはどうなんです。露風さんは美濃屋さんと長い付き合いだったそうだし、現に又秀さんは美濃屋さんの口利きでうちに来てるわけで」

お美羽が美濃屋のことを持ち出して食い下がると、喜十郎は落ち着かなくなった。青木から、美濃屋の周りを嗅ぎ回っておけとでも言われているのだろう。

「ああ……そこまで言うなら、わかった、青木の旦那にゃ話しておく」

「いえ、それなら私が青木様にお話しします」

あんたが？　と喜十郎は呆れ顔になった。喜十郎に任せておくと、話を端折るだろうから、お美羽の思うようには青木に伝わらない恐れがある。挙句に露風が美濃屋殺しの下手人にされたりしたら、目も当てられない。

「じゃあ、勝手にしな」

喜十郎は投げ出すように言った。

「では、そうさせてもらいます」

青木には、蓋をされたという詐欺の話をもっと詳しく聞きたかった。叱られるのは嫌だが、もうそんなことは言っていられない。

見回りに出ていた青木を摑まえたのは、昼を過ぎてからだった。小者を連れて竪川沿いの通りを歩いているところを見つけた。お美羽は、すぐに駆け寄った。

「あ、青木様。良かった、ちょっとお話があるのですが」

「お、なんだお美羽か。何の用だ」

いつも堅苦しい顔つきの青木だが、お美羽を見ると表情を緩めた。

「えっと、少し込み入っておりまして……」

青木は眉を上げ、小者に先に帰っていろと指図してから、三十間ほど先を指差した。

「あの裏手に林町の番屋がある。そこで聞こう」

言うなり、青木は先に立って歩き出した。お美羽は急いでついて行った。

「で、話ってのは」

番屋の上がり框に腰掛けると、愛想というものにあまり縁のない青木は、前置き一切抜きで促した。お美羽は心得て、これまでのことを一から話し始めた。

「おい、ちょっと待て」

　話が詐欺のことに差しかかると、思った通り青木の顔が強張った。

「お前、それを水谷藤白から聞いたのか」

　罪人に向けるような鋭い目で、お美羽を睨む。お美羽は少し怯(ひる)んだが、「はい」と返した。青木は、しばしそのままお美羽を睨みつけていた。お美羽は首を縮めて、出しゃばるなと雷が落ちるのを待った。

　そうはならなかった。俯きながら顔色を窺うと、青木は叱りつけて手を引かせるか、このまま放っておくか、迷っているように見えた。

　仕置きを待つ心持ちでいると、青木は小声で「藤白の野郎、よくお前に喋ったな」と呟いて大きく溜息をついた。寿々屋さんのご威光です、とは言わないでおく。

「よし、まあ座れ」

　青木は自分の向かいの壁際にある長床几(しょうぎ)を示した。どうやら、お美羽を怒鳴って放り出すのは思い止まったらしい。お美羽は言われるまま、腰を下ろした。

「いいか。こいつは絶対、他言無用だぞ。そう心得ておけ」

　はい、とお美羽は頷く。

「藤白の話は、全部本当だ。光悦の茶碗の贋作が出たんだが、表沙汰にはならなかった。買ったのはどいつもこいつも、骨董自慢の粋人ぶった連中だ。お大名も一人いた」

「騙されたと世間に知れたら、沽券にかかわるというわけですね。では、露風さんはどうなるのです。お縄にならないのですか」

「騙された連中がみんな、訴え出るどころか、どうかご内聞にと言って来る始末だ。どこの殿様とは言えねえが、お大名からはお奉行に直々に話があった。これじゃ、蓋をするしかねえだろうが」

　青木は不快そうに言った。

「売主については、どうなんですか」

「これも厄介でな。出元は、京のお公家らしい。詐欺の疑いでお公家を調べるなんて言ったら、どんな騒動になると思う」

「まあ、お公家様が」

　お美羽は目を見張った。公家相手となると、江戸の奉行所が直に調べるわけにはいかないから、京の町奉行所や、場合によっては所司代まで動くことになる。当然、御老中の御裁可が必要だし、そんな厄介事を誰も抱え込みたくないだろう。

「では、露風さんはお役人から逃げる必要はないのですね」

「腹は立つが、そういうことだ。だが噂になるのは止められねえから、奴の信用はがた落ちだ。茶人仲間からも骨董屋からも、白い目で見られる。もう商売にならねえから、消えちまいたくなった、ってぇのはわかる」

「美濃屋さんは、詐欺に関わってはいないのですか」

「正直、何とも言えねえな」

　青木は苛立ちを見せた。

「詐欺の調べが、中途半端に終わっちまってるからな。あんな死に方をしたんで、改めてちょいと探ったが、美濃屋が詐欺に手を出したってぇ証しは、何も出てねえ」

　少なくとも、美濃屋が贋作を売ったのではないわけだ。

「美濃屋さんのことは、やっぱり殺しなんでしょうか」

　思い切って聞くと、青木の目が光った。

「俺は、六分四分で殺しだと思ってる」

　鋭い眼光に曝（さら）され、お美羽は少したじろいだ。

「あの、もしかして、露風さんを疑っておられますか」

「そいつをはっきりさせるには、まず露風を摑まえねえとな」

青木は、ぐっとお美羽に顔を近付けた。

「だから、さっさと露風を見つけろ。いいな」

「は、はい。わかりました」

気圧されたお美羽は、顔を引きながら返事をした。

七

家に戻ろうと二ツ目通りを歩き出したお美羽だったが、露風を見つけろと言われても、さてどうしたものかと頭を悩ませた。自分は岡っ引きでも何でもないのに、青木も殺生だ。

その一方で、詐欺のことは他言するなとも言われてしまった。そうすると、長屋の人たちに事訳を話して手伝ってもらうのは難しい。欽兵衛と山際には先に詐欺のことを話しているが、欽兵衛は頼りないし、山際も手習いを放り出すわけにもゆくまい。

「当てにできるのは、一人だけか」

お美羽は独りで呟くと、踵を返して北に向かった。


南本所荒井町は、大川沿いに広大な敷地を占める本所御蔵の東側を通って、二ツ目之橋から十二、三町ほどだ。四半刻くらいで行けるが、北森下町のある深川と違って道が入り組んでいるので、少し迷ってしまった。

荒井町に着いてみると、新兵衛店はすぐ見つかった。入舟長屋と同じく九尺二間のありふれた長屋だが、ひと回り小さくて家数は十六軒ほどだ。木戸近くの井戸端にいたおかみさんに智之助の家を教えてもらい、その前に立った。まだ日も高いので、智之助は仕事に出ているかもしれないな、と思いつつ、障子を叩いてみる。中から「はいよ」と声がした。幸い、家にいてくれたようだ。

「あれっ、お美羽さんですかい。こいつはわざわざ、どうも」

嬉しい驚き、という様子で、智之助は微笑んだ。爽やかな笑顔にお美羽はまたどきっとして、ああ、来て良かったなどと胸の内で思ってしまう。

「むさくるしいところですが、まあどうぞ」

招じ入れてくれたが、いきなり上がるのも何だと思って、上がり框に腰掛けた。

「急に来ちゃって済みません。露風さんのことですが」

話し始めると、智之助は思い違いして、安堵の表情を見せた。

「来ていただいたってことは、見つかったんですね」

「いえ、そうじゃないんです」

期待させたのを申し訳なく思いつつ、お美羽は昨日からのことを話した。智之助の表情が翳(かげ)った。

「そうですか、見つかりませんか。それに、八丁堀の旦那がそんなことを」

智之助は眉間に皺を寄せる。

「私も心配なんです。早く見つけないと厄介なことになりそうで」

お美羽は、露風が美濃屋殺しの疑いをかけられることを懸念していた。智之助もそれを察したらしく、さらに難しい顔になった。

「あの、智之助さんは露風さんに恩義があると言ってましたね。差し支えなければ、どんなことだったか教えていただけますか」

「あ……そのことですか」

智之助は、口籠った。あまり公言できる話ではなさそうだ。だが短い間思案した だけで、経緯を話してくれた。

「お恥ずかしい話ですが、俺は前に、露風先生に茶の湯を習ってたことがあるんで」

おや、とお美羽は眉を上げ、つい住まいの四隅に目をやってしまった。どう見ても、茶の湯をやる者が住むところではない。考えを読んでか、智之助が笑う。

「もちろん、この長屋で茶の湯なんてぇ話はありゃしません。実を言いますと、俺の家は下谷広小路で仏具屋をやってたんです」

「まあ、若旦那だったんですか」

なるほど、この長屋には似つかわしくないほど端正で、露風や藤白とはまた違った品のようなものが感じられるのは、その出自のせいか。だが、仏壇仏具のような商いも、また智之助には似合っていない気がする。

「へい。ご覧の通り、あんまりそういう感じはしませんでしょう」

智之助自身も自覚しているらしく、苦笑を浮かべた。

「十五、六の頃は結構遊んでまして。どうも抹香臭い商いは性に合わなかったもんで。家業に身が入らないんで親父が業を煮やして、茶の湯でもやれば少しは落ち着くだろうなんて考えましてね。半ば無理矢理、露風先生のところへ行かされたんです」

それで露風のことを、ずっと先生と呼んでいるわけだ。

「でも、やっぱり合いませんでねえ。好きにもなれねえことをいくらやっても、身に付きやせん。とうとう嫌気がさして、勝手にやめちまいました」

「お父様は怒ったんじゃありませんか」

「へへ、そりゃもう。勘当だ何だとこっぴどく。ですがねえ、俺みたいに馴染まねえ者がずっと習いに行ったところで、先生には迷惑なだけだったでしょう」

父親は匙を投げたが、そのしばらく後に大変なことが起きた。

「騙されて借金した挙句、店を潰しちまったんです。親父は卒中を起こして死んじまうし、お袋は心労で寝込んじまって。なのに家は取られちまって、もう金もねえ。途方に暮れていたとき、露風先生が助けて下すったんですよ」

露風は智之助たちの苦境を聞いて、すぐ金を用立ててくれたそうだ。

「おかげでお袋は医者に診てもらえて、充分な手当てを受けて穏やかに亡くなりました。それ以来、俺は独りでこうやってその日暮らしを続けてます。露風先生に金を返す当てなんかねえんだが、先生はそんなものはどうだっていい、と言ってくれやして」

それ以来、露風先生の方には足を向けて寝られねえ、と智之助は言った。

「ところがですよ。去年、露風先生が何か悪いことで金儲けをしたらしい、なんて噂が聞こえてきやして。そんな馬鹿なことがあるかい、って噂をしてた奴をぶん殴りそうになったんだが、ある日、先生がいなくなっちまった。こいつは悪い噂のせいで身を隠さなきゃならなくなったんだ、と思いやして。俺に何かできることはねえか、それにはまず先生を捜さなくちゃと、ずうっと走り回ってた次第です」

そうしたら、藤白のところへ露風のことを尋ねにお美羽が来た、と聞き、藁にもすがる思いですぐに駆け付けた、というわけだ。

「そうだったんですか。大変でしたねぇ」

お美羽は、智之助の境遇に同情した。同時に、受けた恩義を忘れず返そうと努めるとは、なんて義理堅い人なんだろう、と胸が熱くなった。

「智之助さん、露風さんは一昨日の七ツ半前に、湯屋へ行ったところまではわかっています。でもその先は、見た人が見つかりません」

「湯屋ですか。それは遠いんで？」

「せいぜい三町です。なので、虱潰しに当たれば何か出そうに思うんですが」

そこで智之助は、膝を叩いた。

「わかりやした。じゃあ、俺がその辺りを調べて回りゃいいんですね」

察しが早い。お美羽はほっとした。智之助は、頭の回転もいいようだ。

「済みません。長屋のみんなには、あまり詳しい話もし辛くて」

「構やしません。もともと、こいつは俺のやるべきことなんで」

智之助は目を輝かせている。今までと違って捜す当てがはっきりしているから、気合が入ったのだろう。頼もしいな、とお美羽は嬉しくなった。

「あ、あの界隈で、露風さんは又秀さんとして通ってますから、その辺は気を付けて」

心得てます、智之助は胸を叩いた。

智之助は、早速動き始めた。翌日の昼にはお美羽の家に顔を出し、朝から道筋を聞き込んでいると話した。

「まだ何も出てきちゃいませんが、なあにまだ半日だ。七ツ半になったら、その時分に道筋を毎日通ってそうな奴を片っ端から摑まえて、何か見てねえか聞いてみやす」

相当な張り切りようなので、お美羽はつい微笑んだ。

「そんなに頑張って、仕事は大丈夫なんですか」

「日銭稼ぎの手伝いですからねえ。どうとでもなりやす。おかげで懐はさっぱりだが」

智之助はそんな風に言って苦笑した。そのうち、ちょっと用立ててあげよう、とお美羽は思った。

「昨夜は長屋の連中に、さんざん冷やかされましたよ」

智之助は、照れ笑いと共に頭を搔いた。

「あら、どうして」

「いや、だって、お美羽さんみたいな綺麗な人がいきなり訪ねて来たでしょう。あれは誰なんだ、お前のいい人か、なんて囃(はや)し立てられて。そんなんじゃねえ、って抑え込むのが大変でした」

まあ、そんなことに。私ったら……。面と向かって綺麗と言われたお美羽は、顔を火照らせた。

智之助が出て行くのと入れ違いに、山際が手習いの仕事から帰って来た。お美羽の姿を見た山際は、一度表通りの方を振り返ってから、なるほどとお美羽に頷いて見せた。

「今しがたそこですれ違ったのが、智之助というお人かな」

「はい、そうです。この界隈で聞き込みをしてくれてます」

お美羽は、七ツ半に湯屋の辺りを通る人を摑まえようとしている話をした。

「ふむ、それは理に適っている。智之助は、よくものを考えているな」

本当に、何もかも菊造たちとは段違いだ。

「それに、なかなかの二枚目ではないか。お美羽さんが入れ込むのもわかるな」

「えっ、や、山際さんったら、何をおっしゃるんですか」

額から汗を噴きそうになり、大慌てで顔の前で手を振った。

「私は、露風さんを捜すにはあの人が一番、と思ってお頼みしただけで」

「はっはっ、まあいいさ」

山際は高笑いして家に入った。お美羽はふう、と息を吐いて天を仰いだ。

そこでふと、思い付いた。お美羽は山際の後を追って、障子を叩いた。すぐに山際が顔を出す。

「どうかしたかな」

「お帰りになったばかりのところ、済みません。ちょっと考えたんですが、露風さんの家の方に何か手掛かりが残っていないかと。家捜しみたいなことまでは、まだしてませんし」

山際は、もっともだ、と頷いた。

「では、今から調べてみるか」

「はい。お父っつぁんを呼んできます」

家捜しするなら、欽兵衛も立ち会わせた方がいい。お美羽は家に戻って、いつものように将棋を指しに出かけようとしていた欽兵衛を止め、長屋に引っ張って来た。

「家捜しったって、何をどうするんだ。ほとんど何もないじゃないか」

又秀、つまり露風の家に入って四方を見渡し、欽兵衛が言った。持ち込んだのは鍋と布団と小箪笥だけで、今もそれ以外のものはない。

「まず箪笥を見てみるか」

山際が畳に上がって、隅っこに置いてある箪笥に手を掛けた。抽斗が三つだけのもので、下から順に開けてみたが、畳んだ着物が三枚と、足袋に褌、というくらいで、変わったものはない。

欽兵衛は、畳んであった夜具を広げた。何か丸め込まれていないかと思ったが、せんべい布団には紙屑一つ挟まっていなかった。

お美羽は土間のへっついを調べた。灰の中に何かあれば、と考えたのだが、ほとんど煮炊きはしていないらしく、灰自体が僅かしかなかった。

「やっぱり何もないねえ」

欽兵衛は無駄骨だとばかりに首筋を叩いた。お美羽はまだ諦めない。

「床下も見ましょう」

欽兵衛は目を丸くした。お美羽は構わず、屈んで畳の端に指を突っ込もうとする。さすがに欽兵衛が、いいよ、やるよと前に出て、山際と一緒に畳を持ち上げた。

床板をどけてみて、三人は「あれ」と首を傾げた。真下の土に、最近掘り返したような跡があった。

「何か埋めたのかね」

「掘ってみればわかる」

山際は一度出て行き、鋤を持って戻って来た。長屋に備えている道具で、溝を浚ったり、積もった雪をどかしたり、ちょっとした穴を掘ったりするために置いてあるが、そう度々使うことはない。惣後架（便所）の脇に竹箒と一緒に立てかけてあるので、誰でも持ち出せる。

「お美羽さん、近頃これを使ったことはあるか」

山際は鋤の先の方を示して言った。乾いた土が薄く付いている。

「いいえ、三月くらいは使ってないですよ」

「そうか。付いた土の具合からすると、誰かこのひと月くらいのうちに使ったようだ」

そんなことを言ってから、山際は床下の土に鋤を入れ、掘り始めた。

すぐに刃先が何かに当たった。欽兵衛が床下に下り、手で土を除けて埋まっていたものを取り出した。それは、油紙に包まれた一尺四方くらいの箱だった。

「何ですかね、これは」

欽兵衛は箱を山際に差し出す。山際は、良いか、というようにお美羽を見た。

「開けましょう」

お美羽が返事すると、山際は油紙を解いた。欽兵衛も畳の上に戻り、興味津々の様子で覗き込んでいる。

出てきたのは、桐箱だった。箱書きも、ちゃんとされている。崩した流麗な書体で、お美羽には字そのものは読めたが、何を指すものかよくわからない。

山際は、手を伸ばして蓋を取った。中には、鬱金色（うこんいろ）の布に包まれた何かが入っていた。布は絹のようだ。山際は丁重に持ち上げて畳に置き、布を広げた。中にあったのは、飾り紐で口を縛った巾着のようなものだ。だがその巾着には金糸が使われ、随分と高価そうに見えた。山際は紐を解き、中身を外に出した。

「おや、これは」

欽兵衛は姿を現したものを、訝し気に見つめた。ごく小さな茶筒に似た品で、色は真っ黒。黒漆だろうか。模様らしい模様はない。お美羽も首を傾げた。これって、何だっけ……。

「棗だな、これは」

山際が言った。ああ、そうだ。お美羽は思い出した。茶の湯で、抹茶を入れておく入れ物だ。巾着みたいなのは、棗の袋。何と言ったかな。ええと……そうだ、仕覆だ。

「ああ、お茶の道具かね。なるほど、それは道理だ」

欽兵衛は得心したようだ。だが、どうして床下に埋めたりしたんだろう。

「余程大事なものなんですかね」

お美羽が聞くと、山際はじっと棗を見て言った。

「もの凄く上質の漆のようだな。艶が並のものとは違う。なまじ飾りがないだけに、味わいが深い」

相当な値打ちがあるものだろう、と呟く。お美羽は、光悦の贋茶碗が三百両で売られたことを思い出した。

「どれくらいの値がつくんでしょう」

「わからん。だが、戦国の世ではこのようなもの一つが城一つに匹敵する、とまで言われたそうだ」

「これが、城一つですか」

欽兵衛は、唖然とした様子で棗を見下ろしている。

「さすがに泰平の今では、そこまでの値打ちはない。とは言え、例えば千利休の品とか言うなら、百両二百両の話ではあるまい。千両出す人もいるだろう」

欽兵衛は、うーむと唸って、それが黄金でできているかのように棗を畏敬の目で見た。

「これは又秀さんが露風だという証しになりますね」

お美羽の言葉に、そうだな、と山際も頷いた。

「命の次に大事にしていたのだろう。だから身を隠すときも、これだけは持ち出して、人目につかないよう埋めて隠したんだ」

「でも、そうだとすると……」

お美羽は急に胸をざわつかせた。

「そんな大事なものを残して消えた、ということは」

うむ、と山際も呻くように言った。

「露風殿は、意に沿わぬ形で連れ去られた、と見るべきだろうな」

次の日、お美羽は藤白を訪ねた。

「これはお美羽さん。またのお運び、恐れ入ります」

藤白は、微笑みを浮かべつつも曖昧さのある表情でお美羽を迎えた。寿々屋の手前、無下にはできないが、あまり度々来てほしくもない、そういう心持ちかと思える。露風のことには巻き込まれたくないのだろう。

それでも、聞くべきことは聞かねば。お美羽は懐から一枚の紙を取り出した。

「これをご覧いただきたいのですが」

広げて藤白の方へ差し出す。そこには、露風が隠していた棗を写した絵が描いてある。

「これは、棗でございますか」

一目見て、藤白が言った。商売道具だけに、すぐわかったようだ。

「色は黒ですな」

「はい、黒漆です。そこでお伺いいたします。露風さんは、このような品を持っておいでだったのでしょうか。かなり値打ちのあるものと思いますが」

棗の現物は勝手に持ち出すわけにいかないので、埋め戻しておいた。この絵はその前に、山際が描いたものである。藤白は驚きを顔に出し、絵からお美羽に目を戻して尋ねた。

「この品を、直にご覧になったのですか」

「いえ、そうではありません」

露風が又秀と名乗って入舟長屋に住んでいることは、藤白には言っていないし、露風自身が望まない限りこれからも言うつもりはなかった。棗のことをどう説明するかは、考えてある。

「この前申しました、露風さんを見かけたという知人は、以前に露風さんの弟子でもあった智之助さんです。その智之助さんが、確か露風さんはこういう品を大事にしていたので、きっと持って行ったはずだから、捜すときの手掛かりになるのでは、と思い出されたのです。如何でしょうか」

勝手に智之助の名前を使ったが、後で口裏合わせを頼むつもりだった。お美羽が藤白のところで露風のことを聞いたのを耳に挟んだ、と智之助が言うからには、藤白と知り合いのはず。であれば、智之助の名を使えば藤白はこの話を信じるだろう。そう思ったのだ。

「はあ……左様で」

藤白は小首を傾げつつ、再び絵を取り上げてじっと見た。それからおもむろに告げた。

「露風さんは、黒漆の棗を家宝にされていました。利休の使っていたもの、ということです」

「え、千利休の棗なのですか」

まさかと思ったが、昨日、山際が口にしたことが真になったか。だとすると、値は千両以上？　お美羽は膝が震えそうになる。

「正直申しますと、どのような証しがあるのかは存じません。私も実物を目にしたことがないのです。絵だけ拝見しても、棗というのは、皆同じ形をしておりますし」

藤白は、判定を避けた。

「しかし、実物を見た人から聞いたところでは、箱書きにはっきり利休のものとは示されていないが、二百年かそれ以上前のものには違いなさそうです」

「では、利休のものであってもおかしくないのですね」

「少なくとも、露風さんはそうお考えです」

　来歴について詳しいことをご存じなのかもしれませんが、私にはわかりかねます、と藤白は言った。その口調からすると、怪しいと思っているようだ。公平に見てそうなのか、嫉妬から本物と信じたくないのか、お美羽には判然としなかった。

「露風さんの行方は、まだわからないのですね」

　藤白が聞いた。心配している、と言うよりは、事実を確かめているだけのような、淡々とした聞き方だった。

「はい。これと言った手掛かりも」

「ずいぶんご熱心に露風さんをお捜しのようですが、それは智之助さんとお親しいからですか」

「は？　ええ、まあ」

　お美羽は落ち着かなくなった。藤白にしてみれば、直接露風と縁のないはずのお美羽が寿々屋を使ってまで露風の行方を追う意味が、わかり難いのだろう。そこで新兵衛店の住人たちと同じように、お美羽が智之助と深い仲なのでは、と考えたのだ。赤面しそうになるが、否定するとさらにややこしくなるので、そのままにするしかなかった。

「ああ、左様でしたか」

藤白は、勝手に得心したようだ。お美羽はほっとした。同時に、世間の人たちが自分と智之助がいい仲だ、と素直に信じていったらどうなるだろう、などと想像を膨らませる。当人が意図しないうちに、成り行きでそうなってしまうとか……うわぁ、そんなことになったらどうしよう。

お美羽の浮ついた夢想は、藤白の発した言葉で消し飛んだ。

「ところで、その露風さんの弟子だった智之助さんというのは、どんな方なんでしょう。私は全く存じ上げないのですが」

八

もやもやした気分で家に戻ると、欽兵衛が「何かあったのかね」と心配そうに聞いてきた。胸の内が顔に表れていたようだ。なんでもない、と作り笑いして、お美羽は昼餉の支度を始めた。と言っても、大根ぐらいしかない。帰りに煮売り屋で何か買おうと思っていたのに、忘れてしまったのだ。

大根を煮ながら、お美羽は智之助のことを考えた。智之助が藤白と面識がないなら、どうやってお美羽のことを知ったのだろう。恩人を心配して捜しているなら、藤白のところへ聞きに行っていないというのも妙な気がする。いったい智之助は、何を……。

大根を焦がしそうになり、お美羽はああもう、と首を振った。考え過ぎだ。確かめたければ、智之助に聞けばいい話ではないか。だがもし、お美羽にした話に嘘が混じっていたりしたら……。

大根を齧った欽兵衛が、顔を顰めた。辛過ぎたようだ。らしくない失敗に謝っていると、表で「ご免よ」と太い声がした。喜十郎だ。

膳を急いで片付け、喜十郎を座敷に上げた。邪魔するぜと言って座った喜十郎は、明らかに不機嫌そうだった。

「親分、どうなすったね。厄介事でもあるのかい」

欽兵衛が尋ねると、喜十郎は鼻を鳴らし、お美羽に顎をしゃくった。

「どうもこうもねえや。青木の旦那に、お美羽さんに目を配っとけと言われたんだ。冗談じゃねえぜ。俺がなんであんたの守りをしなきゃいけねえんだ」

喜十郎は不満気にお美羽を睨んだ。欽兵衛も、どういうことなんだとお美羽を見る。

「ああ……その、一昨日青木様とお話ししたとき、早く露風さんを捜し出すように言われまして」

「何だと」

喜十郎がむっとして、嚙みつくように言った。

「何で旦那は、俺を差し置いてあんたに指図するんだ」

「そう言われても、私の方から言い出したわけじゃないし」

「だいたいあんたは、いつもいつも出しゃばり過ぎで……」

なおも文句を垂れようとした喜十郎は、ふいに黙った。何か思い付いたようだ。表情を少し緩めてから「はっ、そういうことか」と呟いた。

「あ、なるほど」

同時にお美羽にも、青木の思惑がわかった。

「どうしたと言うんだい」

様子が変わった二人を、欽兵衛が怪訝な顔で見比べた。

「お父っつぁん、青木様は、露風さんのことでは公に動けないのよ」

露風の詐欺の件は、奉行所自ら蓋をした以上、青木が改めて調べることはできない。露風の行方を追うと、その件を蒸し返すことになるのは必定だ。

「だが一方で、旦那は美濃屋の一件が露風絡みだとお考えだ。露風を放っとくわけにはいかねえが、旦那のお立場じゃあ、下手に動けねえ。お美羽さんが露風を捜し始めた、ってえのは、旦那にとっちゃ渡りに舟だったわけさ」

喜十郎が続けて言った。欽兵衛は目を白黒させている。

「つまり青木様は、お美羽をお調べに使おうとしてるのか」

役人でも十手持ちでもないお美羽が、大家の立場で店子のことを調べるのは勝手だし、理に適っている。万一捨て置けない何かが見つかったら、その時は堂々と青木が乗り出せる、という肚なのだ。

「青木様も酷いねえ。若い娘をそんな風に扱うなんて」

欽兵衛は腹立たしそうに言った。だが、喜十郎は涼しい顔だ。

「酷いも何も、欽兵衛さん、お美羽さんが今までにやってきたことを考えてみなせえ。寧ろ、水を得た魚なんじゃねえか」

喜十郎の台詞には揶揄が混じっているようだが、この際、構わない。

「そうよお父っつぁん、露風さんが厄介事に巻き込まれてるなら、助けてあげないと」

欽兵衛は諦めたように、やれやれと大袈裟な溜息をついた。

「そう言や、又秀が露風だっていう証しが出たのか」

喜十郎が思い出したように言ったので、お美羽は藤白に見せた棗の絵を取り出した。

「これが床下に隠してあったんですよ。凄い代物らしくて」

喜十郎は絵を引き寄せ、さして感心した様子もなく「ふうん」とだけ言った。

「茶の道具か何か知らねえが、こんなもんの値打ちは俺にはわからん。ま、これが証しだってんなら、それでいいさ」

喜十郎は興味ないとばかりに、絵を押し返した。

「で、親分は？　美濃屋の周りを探ってるんですか」

おう、と喜十郎が口元だけでニヤッとする。

「察しがいいな。他の二、三人と一緒にいろいろと調べてる。さすがに贋作を売った、なんてえ話はねえが、口利きや仲立ちはしたかもしれねえしな」

「何かそれらしい話でも?」

「いや、今のところは見つからねえ。念のため、手下に美濃屋を見張らせてる」

怪し気な奴が出入りしないか、確かめようというのだ。喜十郎も手を抜いているわけではない。

「美濃屋さんが川に落ちるところを、見た人はいないんですね」

「知っての通り、家並みの途切れた暗い場所だからな。だが、美濃屋が落ちたと思しい頃、四ツ目之橋から大川の方へ三町ほど行った柳原の四丁目で、提灯も持たねえで妙に急ぎ足の三人連れとぶつかりそうになった、てぇ奴が見つかった」

「三人連れ?　怪しい奴なんですか」

「暗くて顔はわからねえが、ドスの利いた声で、気を付けろと言われたそうだ。おそらく堅気じゃあるめえ」

口には出さないものの、喜十郎の口調からは、そいつらが美濃屋を襲ったと疑っているのがはっきりわかった。

「そいつら、どっちへ」

「竪川沿いに大川の方角へ向かったようだ、ってことぐれえだ。他にそいつらを見た奴は、まだ見つかってねえ」

「そうですか」

お美羽は落胆したが、美濃屋は殺されたのだという考えは、確信に近くなっていた。

喜十郎が帰った後、お美羽はしばらく悩んだ末、山際のところに行った。智之助についての疑問は、早いうちにはっきりさせておきたいのだが、一人きりで新兵衛店に行くのもどうかという気がしたのだ。

「智之助が？　そうか、それは気になるだろうな」

山際が快諾してくれたので、日暮れまでに済ませようと、早速二人して南本所に向かった。

今回も、智之助は家にいた。様子からすると、帰って間もないようだ。

「あ、お美羽さん。また来てくれたんですか」

喜んだ顔になってから、山際に気付いて「こちらは」と尋ねた。

「うちの長屋のご浪人で、山際辰之助様です。今日は一緒に話をと思いまして」

智之助は、お美羽だけでないのに落胆したのか、ちょっと小首を傾げたように見えたが、すぐに「そいつはどうも。まあ、お入りなすって」と二人を招じ入れた。

背中に、長屋のおかみさんたちの視線を感じた。この前は智之助のいい人か、などと思われたらしいが、今日は山際を連れて来たので、訝しんでいるのだろう。

障子を閉め、すり減った畳の上に向き合って座った。入舟長屋に比べると、手入れは今一つのようだ。

「ちょっとお尋ねしたいことがあって、伺いました」

お美羽が言うと、智之助は僅かに眉を上げた。

「そうですか。ちょうど俺の方にも、お話ししときたいことがあるんですが、まずはお美羽さんの方から」

ええ、とお美羽は頷いた。回りくどい話は苦手だ。なので、単刀直入に聞くことにした。

「智之助さんは、私が藤白さんのところに露風さんのことを聞きに行ったと、どうやって知ったのですか」

えっ、と智之助がたじろいだ。

「そ、それは藤白さんから、その……」

「藤白さんは、あなたのことを知りませんでした。他の誰かに私のことを話したとも、思えません」

詰め寄るように言った。智之助は目を逸らし、一度天井を見上げるようにしてから、頭を掻いた。

「まいったなァ……」

智之助は肩をすぼめ、済まなそうに言った。

「実は、小耳に挟んだってのはあんまり正しくはねえんで。耳に入ったのは本当ですが、入り方がちょっと……」

「ふむ、どう入ったというのかな」

山際が聞くと、智之助は仕方ないという風に答えた。

「盗み聞きです」

「盗み聞き？」

お美羽は思わず、鸚鵡返しに言った。

「藤白さんの家に、勝手に入り込んでいたんですか」

「はあ、そういうことでして」

智之助は、ばつが悪そうに笑った。

「露風先生の心当たりを聞くにゃ、まずは茶人仲間かと思ったんですが。一番親しかったってぇ先生は、詐欺の噂を聞いて露風先生とは縁を切ったって、けんもほろろでした。次に行ったのが藤白さんのとこだったんですが、まともに訪ねても俺なんか相手にされないだろうし、どうにか会ってくれても、前の先生みてぇに汚ねぇもんでも見るように扱われちゃ、かなわねえ。そこでしばらく、どうしようかと家の周りをうろついてたんですが……」

智之助は言葉を切って、お美羽の顔をちらりと見た。お美羽が見返すと、慌てて咳払いし、先を続けた。

「その時、お美羽さんが来られたんです。ずいぶん若くて綺麗な人なんで、てっきり茶の湯を習ってる人かと思ったんですが、その日は茶の湯を教える日じゃなかったと思い出しまして。何の用かなと門のところで隠れて窺ってたら、露風って声が聞こえたような気がしやして。こいつは露風先生に関わりのある人かもしれねえ、と思ったら、居ても立ってもいられなくなりやした。それで案内も請わずに入り込んだってわけで」

また綺麗と言われて悪い気はしなかったが、勝手に入ったというのには呆れた。

「じゃあ、庭から奥の方へ行って、私と藤白さんの話を全部？」

「そうなんで。本当に、申し訳ねえ」

智之助は、神妙に頭を下げた。

「でも、盗み聞きしてたなんて、さすがに格好悪くて言えねえんで、そこは取り繕っちまいました」

「なるほど、確かに自慢できる話ではないな」

山際が、苦笑しながら言った。

「誰にも見られずに出入りできたのか」

「庭には誰もいませんでしたし、音を立てねえようにそうっと行きやしたんで」

「盗人に商売替えしようなどと、考えてはいかんぞ」

とんでもねえ、と智之助は顔色を変えたが、山際の冗談だと気付いて照れ笑いした。

「とにかく、それでお美羽さんも露風先生をお捜しだとわかったんで、家の方にお邪魔した次第です。お知り合いが露風先生に似た人を見たから、というお話はちょっと変だなとは思ったんですが、まさかお美羽さんのところの長屋に先生が隠れていなすった、とは思わなかったんで、びっくり仰天でさぁ」

「ええ。でも、一歩遅れてしまったのは、本当に残念でした」

「ですねえ。ちっと運がなかった」

智之助は、肩を落とした。一方、お美羽は胸を撫で下ろしていた。智之助の話は、なるほどと思えた。お美羽だって藤白に会うには、寿々屋を通したのだ。店が潰れてその日暮らし、くたびれた着物の智之助が正面から訪ねて行っても、確かに相手にされなかったろう。一時は詐欺の一味ではないかという考えすら過ったのを、お美羽は心の内で詫びた。

「それで、智之助の話というのは、何かな」

やはり得心したらしい山際が、促すように言った。智之助は弾かれたように顔を上げ、そうだった、と手を叩いた。

「忘れちまっちゃいけねえや。湯屋の道筋で、拾った話です」

ああ、とお美羽は、智之助が聞き込みをしてくれていたことを思い出した。

「露風さんが湯屋に行ったのと同じ刻限に、あの辺を通る人を摑まえる、と言ってくれてましたね」

「へい。やってみたんですが、どうも。露風先生がいなくなったその日に湯屋に行った、ってぇお人は何人かいたんですが、露風先生を覚えてる人は誰もいやせんでした」

ああ、やっぱりそううまくはいかないか。がっかりしかけたところに、智之助が続けて言った。

「でも、違う方から妙な話を聞きやした」

「ほう、違う方、というのは」

山際が期待するように聞き返す。

「一本裏手の通りです。湯屋への道筋で、細い路地が二、三あるんですが、その一本を抜けて裏側の通りに出たところで、客待ちしているらしい駕籠（かご）を見た、って人がいまして」

「あの辺りの通りに、駕籠が待ってた？」

お美羽は山際と顔を見合わせた。湯屋までの道から細い路地を抜けた反対側、というのは見当がつくが、そこは武家屋敷の裏手で、昼でもさして人通りがあるところではない。まして夜のことだ。武家屋敷の門も裕福な町家もないところで駕籠が待っているというのは、いかにも妙だった。

「山際さん、これは……」

表情から、山際もお美羽と同じことを考えているのがわかった。

「うむ。湯屋帰りの露風殿を裏路地へ引きずり込んで気絶させ、縛り上げて待たせておいた駕籠に乗せ、連れ去ったと考えれば筋が通るな」

山際は智之助に向き直り、肩を叩いた。

「でかしたぞ、智之助」

智之助は、いや、どうもと笑って頭に手をやったが、すぐ真顔になった。

「だとすると、いったい誰がどこへ、露風先生を」

「それを早急に突き止めねばなるまいな」

山際は難しい顔になって、言った。

「ところで智之助。露風殿の家はどこにあるのだ」

急に話が変わったので、智之助は虚を突かれた顔になった。

「へ？　露風先生のお宅ですか。根岸の方ですが」

「ふむ、根岸か。いかにもそれらしいな」

山際は鷹揚に頷いた。上野の山の向こう側にある根岸の地は、文人墨客が多く隠棲するので知られている。そこそこの茶人である露風が居を構えるには、ふさわしい場所だ。

「町名で言いやすと、下谷金杉上町になりやすが、それが何か」

「そこまで、どのくらいかな」

智之助はちょっと考えて、三十町くらいでしょう、と答えた。

「そなたは弟子だったのだから、家には度々行っているな」

「もちろんですが」

そこで夕七ツの鐘が聞こえた。

「これから行っては帰りまでに日が暮れる。明日、暇はあるか。案内してもらえれば有難い」

智之助はちょっと驚いたようだが、構いませんとすぐに応じた。

「どうせ大した当てのない日銭稼ぎですから」

山際は済まんなと言ってから、お美羽に顔を向けた。

「お美羽さんはどうする」

「ああ、はい、私も行きます」

明日は別段の用事はない。お美羽自身も、露風の家というのを見ておきたかった。

「では、明日また来る。世話をかけるな」

「いえ、とんでもねえ。世話になってるのはこっちの方です」

智之助は快く言って、二人を木戸まで送り出した。ずっと様子を窺っていたらしいおかみさんたちが、再び好奇の目を向けてきたので、わざとらしく会釈して微笑んでやる。おかみさんたちは慌てたように、会釈を返した。

九

翌日、朝餉を済ませたお美羽は、早々に出かけた。智之助の案内で露風の家に行くと欽兵衛に告げると、また出張るのかと顔を曇らせた。だが山際が一緒と聞いて、安堵したようだ。

「山際さんが一緒なら大丈夫だね。しかし智之助という人も、ずいぶんと義理堅いじゃないか。そこまで露風さんのことに親身になるとは」

「お母様を無事に看取れたのが、嬉しかったんでしょうね」

家業に精を出さずに、店が潰れるのを黙って見ているしかなかった負い目もあるのだろう。きっと根は、親孝行な男なのだ。欽兵衛は、そうだねと言ってから、お美羽の顔を覗き込むように付け足した。

「それに大層、いい顔立ちをしている。やっぱり育ちがいいからだろうね」

「えっ、何言ってるの、お父っつぁん」

つい取り乱したお美羽を、欽兵衛はニヤニヤしながら見送った。

新兵衛店に行くと、智之助は待ち構えていたらしく、すぐに出て来た。菊造や万太郎も、この半分ほどでも動きが良ければいいのに。

「続けてのお運び、恐れ入りやす。それじゃ、参りましょう」

幸い天気は頗る良く、小春日和だ。暖かな日差しを浴びて、三人は吾妻橋を渡り、上野の山裾から日光街道に入った。江戸の喧騒からは少し離れたが、家並みは街道沿いにずっと続いている。ただしそれに奥行きはなく、すぐ裏手には田畑が広がり、藁葺き屋根と板屋根が点在しているのが見えた。濃く色づいた木々もちらほら目に入る。

いいところだな、とお美羽は思った。街道の往来は多いが、江戸の街中に比べるとずっと静かで、吹く風も爽やかだ。春頃には花の香りも漂い、新芽の色が目を楽しませることだろう。粋人がこぞって住まいを求めるのも、わかる気がする。

「あれです」

智之助が、街道から少し入った先の生垣を指した。近寄ってみると、生垣と土塀に囲まれた十間四方ほどの敷地に、藁葺きの家が建っていた。思ったより小さいな、とお美羽は思った。藤白の家の半分くらいだろうか。ここまでは南本所の新兵衛店から半刻（約一時間）もかかったが、下谷広小路に住んでいた頃なら、その半分で来られるだろうから、充分通える。

山際は、周りを見回しながら言った。

「ここは、ぎりぎりで町奉行支配地のようだな」

「へい。すぐ裏手からは、もう違うんですが」

この辺りは街道沿いの家々が町奉行支配地、その外側の農家と田畑は代官支配だが、寺社の付属地で寺社奉行支配になっているところも多く、結構入り組んでいる。露風の家が町奉行支配地なら、何かあったとき青木も直に踏み込めるので、これは幸いだった。

表の生垣の真ん中に、柱と板屋根だけの簡素な門があった。智之助は柱の外側から手を回し入れ、閂（かんぬき）を外した。この界隈では、さして厳重な戸締りは必要ないと見える。

「さあ、どうぞ」

智之助が先に立って、庭に入った。門から表口までは踏み石が並んでおり、両側には玉砂利が敷かれている。植込みはきちんと刈られ、よく手入れされているようだが、露地に雑草が目立ち始めていた。露風がここを出てから幾月か、ほったらかしなのだ。

家には雨戸が閉てられ、表口も閉まっていた。出奔するとき、戸締りはきちんとしていったようだ。智之助が、ちょっとお待ちをと言って裏へ回った。勝手口から入れるのだろう。少し待つと、中で音がして、表戸が開けられた。

「さあ、どうぞ」

智之助が顔を出し、二人を招じ入れた。

「暗いんで、雨戸を開けて来ます」

智之助は奥へ行き、次々と閉まっていた雨戸を開けて回った。暗くてよくわからなかった家の様子が、はっきり見えるようになった。中は四間ほどで、厨と雪隠と風呂が付いている。小さいながらも、使い勝手は良さそうだ。箪笥などの道具類には、埃がうっすら積もっていた。見たところ、運び出されたものは何もないようだ。

「勝手に入っちゃって、良かったんですかねえ」

お美羽が気にすると、智之助は「構わねえでしょう」と気軽に言った。

「実は俺も、何か手掛かりはねえかと二、三度家捜しに入ったんで」

「道理で、勝手知ったる様子だったな」

山際が言うと、智之助は頭を掻いた。

「もともと茶の湯修業で出入りしてやしたから、入るのは簡単でした」

「あちらが茶室かな」

山際が奥の襖を指した。離れになっている藤白のところとは違い、母屋の中に茶室を設えたらしい。智之助が歩み寄り、ご覧になって下さいと襖を開けた。

中は四畳半ほどで、真ん中に炉が切ってある。そこに何事もなかったかのように、茶釜が据えられていた。床の間には、書の掛け軸が掛かったままになっている。

「あ、あれ、躙口って言うんでしたっけ。ちゃんとありますね」

お美羽は床の間の反対側の、小さな板戸を指して言った。客人が外から身を屈めて入る、茶室独特の小さな入口だ。よくご存じで、と智之助が笑みを見せる。

「本当はもっと広い庭に、母屋と別に草庵みたいな茶室を作りたかったんでしょうけどね」

「そこまでの金はなかった、ということかな」

山際が言った。お美羽には、その意がわかった。望み通りの茶室を作るには、何百両か用意せねばならない。そのために贋作に加わったのではないか、と暗に言おうとしたのだ。

「お考えはわかりやすが、そいつは違いますよ」

智之助も察して、否定した。

「その気になりゃ、真っ当に稼ぐ方法は幾らでもあった。でも露風先生は、やらなかった。茶の道に徹するなら、多過ぎる欲は邪魔になる、とおっしゃいましてね。束脩（入門料）だって、申し訳程度しか取らなかった。華美を排するのが侘びさびの要、ってことで」

だったら、その侘びさびの、飾り気の全くない一見質素な茶道具が、目の玉が飛び出るような高値でやりとりされるのは何故だろう。お美羽は思ったが、口にはしなかった。

一通り家の中を見て回ったが、目を引くようなものは何もなかった。お美羽と山際が外に出た後、智之助が元通りに戸締りをした。最後に門の扉を閉めようとしたとき、ふいに山際が手を出し、「ちょっと待て」と言った。智之助が、怪訝な顔を向ける。

「どうしなすったんで」

「そこだ。門の閂を外すとき、どうやった」

「どうって、見てなすったでしょう。こう、柱の外側から手を回すと、閂に届くんです」

智之助は門を閉めてから、来たときと同様に柱を抱えるように手を伸ばし、閂を動かして見せた。その閂は、普通より長く作ってあるようで、そんなやり方で手が届くのだ。便利だが、不用心でもある。

「こんな風に開けられるって気付かれなきゃ、大丈夫でしょう」

お美羽の心配に、智之助はそう答えた。それを聞いた山際が言った。

「そのようだな。気付かずに、いろいろ試した奴がいたらしい」

はあ？　と首を傾げる智之助に、山際は門扉の合わせ目の中ほどを示して見せた。

「ここを見ろ。刃物か何か差し入れて、閂を動かそうとしたんだ」

「えっ」

智之助とお美羽は、示されたところに目を近付けた。山際が言う通り、そこには刃物で擦ったと見える新しい傷が付いていた。うへっ、と智之助が目を剝く。

「よくお気付きで。盗人がここから入ろうとしたんですかね」

「うむ。しかし、このやり方では閂は外せまい。裏へ回ってみよう」

三人は、塀に沿って裏に回った。

「どうやらここらしいな」

山際は、裏の土塀の中ほどから少し上を指した。土を擦り付けたような跡が残っている。

「何か踏み台になるもの、或いは肩車を使ってここに足をかけ、土塀を乗り越えたようだな。表の生垣を越えるのは、足掛かりがないから案外難しい。頑丈な土塀を越える方が、楽だ」

智之助とお美羽は、うーんと唸った。

「ただの盗人じゃないかも、ですね」

お美羽が言うと、「何も盗られていないとすれば、だな」と山際が応じた。金目のものと言えば茶釜や茶道具だが、手を付けられた様子はなかった。

「じゃあその、露風先生がどこへ消えたか、探りに来たってことですか。その連中が、露風先生をあの路地で攫ったのか。畜生め」

智之助が口惜しそうに言った。

「もういっぺん、家を調べてみますか」

智之助は家を指して言ったが、その必要はない、と山際は答えた。

「正体が割れるようなものを残して行くほど、間抜けではあるまい。もし何かあったとすれば、さっき気付いているはずだ」

山際の言う通りだろう。智之助は舌打ちし、土塀を蹴りつけた。

「ここでこれ以上、わかることはなかろう。引き上げよう」

まだ腹を立てている智之助を挟んで、三人は露風の家を後にした。山際は、振り返りもせずに真っ直ぐ歩いている。

街道に出て三十間も行ったところで、山際が小声で言った。

「二人とも、気付かなかったか」

「え？　何をです」

「我々が露風殿の家を出て来るとき、陰からじっと見ていた者がいる」

お美羽は息を呑んだ。思わず振り返りそうになるのを、どうにか堪える。

「どんな奴ですか」

「鼠色の着物、年恰好は二十五、六。表通りの建物の陰から、こちらを窺っていた。私が目を向けると、一瞬で身を隠した。手練れとは言えぬが、素人でもないな」

智之助は、顔を強張らせている。

「先生を攫った連中の仲間ですかね」

「かもしれん。が、露風殿の家を見張っていた町方の者、ということもあり得る」

それは青木さんに確かめれば良かろう、と言って、山際は悠然と歩を進める。お美羽は智之助と顔を見合わせたが、そのまま何事もなかったような顔でついて行った。


浅草寺の西側、田原町（たわらまち）まで来たところで、寄るところがあるからと言って、山際はお美羽たちと別れ、真っ直ぐに進んだ。お美羽と智之助は、南本所の新兵衛店に帰るため、道を左に取って吾妻橋に向かった。

広小路に入ったところで、お腹が空いてきた。家を出てからもう一刻半（約三時間）、お天道様は高く昇っている。お美羽は智之助に声をかけ、通り沿いに幟（のぼり）を立てている飯屋を指差した。

「あの、よければお昼、食べて行きませんか」

智之助は、びくっとしたように振り向き、胸に手を当てた。

「いや、俺は……」

どぎまぎしたように口籠る。金が無いのだ。大丈夫、とお美羽は微笑む。

「案内していただいたお礼に、私がご馳走します。いいでしょ」

智之助は、びっくりした顔でお美羽を見た。

「いや、そんな。気ぃ遣ってくれなくても」

女に奢（おご）られるのが恥ずかしいのか、尻込みしている。あら可愛いじゃん。これが菊造や万太郎なら、そりゃ有難（ありがて）ぇとばかりに間髪（かんはつ）を容れず飯屋に飛び込んでいるところだ。

「遠慮しないで。ほら、行きましょ行きましょ」

お美羽に袖を引っ張られ、智之助は赤くなりながら「それじゃ、まあ」と従った。

女中に案内され、奥に座ると、智之助は落ち着かなげに辺りを見回す。

「まともな飯屋は、久しぶりなもんで」

あら、とお美羽は笑った。

「お店の若旦那だったときは、名のある料理屋さんにも行ってらしたでしょうに」

ええまあ、と少し俯き加減で智之助は言った。

「この先の花川戸にある、斗月って料理屋が贔屓でして。無論、もう何年も寄りつ
いちゃいねえ。お袋も、もう一度あそこの茶碗蒸しが食べたい、なんて言ってたん
だが、叶わなかったなぁ」

智之助が、しんみりした口調になり、お美羽はしまったと思った。辛いことを思
い出させてしまったか。

「あ、ごめんなさい。私ったら、余計なことを」

詫びると、智之助の方がうろたえた。

「あっ、いや、気にしねえで下さい。俺の方こそ、要らぬことを」

そこへ膳が運ばれて来たので、二人ともほっとした。サンマの塩焼きと焼松茸と
汁物で、脂の乗ったサンマからいい匂いがしている。

「ほう、サンマも久しぶりだ」

智之助が、目を輝かせるようにして言った。

「今年はまだ一ぺん、半身を食っただけなんで」

「そうなの。じゃあ、ゆっくり味わって下さい」

それじゃあ有難く、と言って、智之助は箸をつけた。大きくサンマの身を千切り、

口に運ぶ。嚙みしめた智之助の目が、細くなる。「ああ、こいつはいい」という声が漏れた。松茸にも箸を伸ばす。これも味わった智之助は、「うーん、絶品だ」と首を振った。いかにも旨そうに食べる姿を見ていると、お美羽も楽しくなってきた。またこの人と、ご飯食べに行きたいな。今度は、夕餉を。もちろん、お酒もつけて。

サンマが骨だけになったところで、智之助が聞いた。

「お美羽さん、露風先生のことをこうまで案じてくれるのは、先生がそちらの長屋の店子になったからですかい」

「ええ、そうよ」

お美羽は当然のように言った。

「大家の娘として、店子が難儀してたり、厄介事に巻き込まれたりしてたら、見過ごせないですもの」

今までにも何度かあって、その度に南六間堀の親分や八丁堀の青木様にお願いをしてるの、と言った。やり過ぎて呆れられたり、障子割りのお美羽なんて変な二つ名がついてしまったことなどは、おくびにも出さない。智之助は、へええと感嘆した。

「すげえや。店子にそこまでしてくれる人は、なかなかいねえ」

いきなり智之助は居住まいを正した。

「お美羽さん、どうか先生のこと、よろしくお願いします」

「いや、そんな改まって」

今度はお美羽の方がうろたえてしまった。

「だ、大丈夫です。長屋でのことは、お任せください」

周りの客に注目されては困るので、息を整えた。頬がほんのり熱くなっている。

「俺の方は、先生がどこへ連れてかれたか、捜し出します」

「はい。でも、どうやって」

「駕籠が待ってたあの通りから、虱潰しに跡を辿ってみます。手早く駕籠に押し込むには、駕籠かき以外に二人は要るでしょう。そいつらは先生を逃がさねえよう、駕籠と一緒に行ったはずだ。駕籠に二人も付いてたら、結構目立つんじゃねえかと」

その通りだ、とお美羽も思った。やはり智之助は頭がいい。こういう人なら、機会を捉えてその気で頑張れば、きっと商いもうまくやれるのではないか。

「わかりました。でも、気を付けて下さいね」

「下手なことはしません。安心して下さい」

智之助は胸を張った。頼もしいなあ、とお美羽はさらに頰を熱くした。


吾妻橋を渡った後、大川沿いの通りで智之助と別れ、二ツ目通りに入って家の方へ向かった。歩いているうちに、心配が頭をもたげて来た。智之助は随分張り切っているが、本当に大丈夫だろうか。もしかすると、露風を連れ去ったのは、美濃屋を殺したのと同じ奴らかもしれない。智之助の腕っぷしのほどは定かではないが、少しくらい覚えがあっても、一人でそんな奴らを相手にすることになったら、危ないのでは。

お美羽は二ツ目之橋の袂で足を止め、真っ直ぐ帰るのをやめて右に折れた。竪川の北岸をしばらく歩くと、相生町の番屋が見えてきた。お美羽はそのまま番屋に歩み寄って障子を開け、中にいた木戸番の爺さんに声をかけた。

「青木の旦那？　今日はまだ見えてねえよ」

じきに見回りに来るんじゃねえか、と木戸番は言った。今日はこの辺りを見回ると踏んだのだが、当たったようだ。じきに来るなら、このまま待っていよう。

上がり框に座ったが、結局半刻余りも待つことになった。決まった刻限に決まった場所を見回るわけではないのだから、そのぐらいは仕方がない。

いきなり障子が開けられ、青木が入って来た。真ん前にお美羽が座っているのを見た青木は、少しばかり驚いたようだが、まず木戸番に向かって言った。

「おい、どうだ。何か変わったことはねえか」

木戸番は、へい、何もございやせん、と答えた。決まりきったやり取りのようだ。

青木は、そうかと頷き、お美羽の横に座った。

「それで？」

いきなり聞かれた。唐突過ぎて一瞬、言葉が出なかったが、急いで頭の中を取りまとめ、智之助のことを話した。青木の顔が、渋くなった。

「その野郎が、首を突っ込んでるのか」

「はあ……でも、智之助さんなりの事情もあるわけですし、頼りになりそうな人です」

青木は疑わし気な目をする。

「本当にそれほど目端の利く奴なのか。口も堅いんだろうな」

「それは請け合ってもいいかと思います」

ふん、と青木は鼻で嗤(わら)った。

「余程いい男なんだろうな」

見透かされたようで、お美羽はちょっと首を竦めて「ええ、まあ」と答えた。

「で、お前としちゃ、そいつが心配で、俺の耳に入れたわけか」

その通りなので、もう一度「ええ、まあ」と言った。青木は苦笑を返す。

「まあいい。気に留めておくから、露風の居所か、連れ去ったってぇ奴の手掛かりを見つけたら、すぐ知らせろ。あまり勝手なことをしねえよう、そいつに釘を刺しとけ」

「はい、わかりました」

これで智之助が危なくなったら、青木に出張ってもらえるだろう。お美羽は少し安堵した。

「その智之助ってのは、下谷広小路の潰れた仏具屋とか言ったな」

「はい、そう聞いています」

「てことは、五条屋かな。あそこには倅がいたな……」

青木がそんなことを呟いている間に、お美羽は次にすべきことを思い付いた。

「あの、青木様。一つお尋ねしてもよろしいでしょうか」

「何だ」

青木はまた面倒事かとでも言うように、お美羽を睨んだ。

「はい。例の光悦の贋作、見破ったのはどなたでしょう」

青木の顔が歪む。

「お前、そこへ話を聞きに行くつもりか」

お美羽は躊躇うことなく「はい」と答えた。青木はお美羽に詐欺の件に手を突っ込ませ、揺さぶろうという肚だ。ならば断られることはあるまい、と踏んだ。

思った通り、青木は少しの間考えてから、ひと言だけ言った。

「日本橋数寄屋町、伏見屋だ」

十

茶の湯には縁がないものの、お美羽はずっと書の手習いに通っている。師匠は武家の出の寡婦で、嫁入り前の嗜みとして、十数人の娘たちが机を並べていた。お美羽はその中で、一番の古顔だ。それというのも、縁談が次々に壊れて花嫁修業がいつまで経っても終えられない、というおかしな立場になってしまったからである。だったらやめてもいいのだが、ここで友達と語らうのは楽しいし、もはや師範代ができる腕前になっていたので、貰い手がなかったらいっそ自分が師匠になって独立しようかとさえ、考えていた。まあ、それは最悪の場合だが。

「ねえねえお美羽さん、またいい人が現れたって噂が流れてるけど」

隣に座った太物商の娘、お千佳がニヤニヤしながら囁いた。えー、とお美羽は顔を顰める。噂って、いったい誰に感付かれたんだろう。

「今度はどこの若旦那なの」

反対側に座る金物屋の娘、おたみが身を乗り出した。この二人とは大の仲良しで、長屋の厄介事を片付けるのを手伝ってもらったこともある。

「若旦那じゃなくて、元若旦那」

どうせ隠してもおけないわ、とお美羽は白状した。

「元若旦那って、何それ」

おたみは、わけがわからんと目をぐるりと回す。

「仏具屋さんだったんだけど、潰れちゃったんだって。今は日雇い」

「日雇いって、もしかして遊び人？　遊びが過ぎて店を潰したとか？」

お千佳が驚きを見せる。いくらなんでも、それはお美羽にふさわしくないと思ったようだ。

「いやいや、遊び人じゃない。かなり真っ当な人よ」

お美羽は急いで、智之助が恩人を救おうとしていることを話した。二人が、へえと感心する。

「格好いいじゃない。で、やっぱり二枚目なの」

お美羽の面食いを承知しているおたみが、肘で小突いてくる。お美羽は仕方なく、「まあね」と返した。お千佳がこれ見よがしに嘆息し、天井を仰いで決まり文句を吐く。

「あーあ、何でお美羽さんばっかり。一人ぐらい私にも回って来ないかしら」

「それでも一度もうまく行かないのは、私の罪？」

お美羽も揃って天井を仰いだ。まあまあ、とおたみが肩を叩く。

「で、今度の人は決まった職がないのよね。でも出自はちゃんとしてる。それに、頼りになりそうないい男。こりゃあ、入り婿って線ですか」

おたみが、「入り婿」を強調して言った。

「やめてやめて。変に先走りすると、すぐまたぶっ壊れるんだから」

お美羽は耳を塞いで、頭を左右に振った。

「ところでさ、二人とも」

深掘りされないうちに、話を変える。

「骨董屋さんに、知り合いはいないかな」

骨董屋？　とお千佳もおたみもぽかんとする。

「何でまた骨董屋」

「ちょっと今度のことで、伏見屋さんっていう骨董屋さんと話がしたくて」

青木から聞いた数寄屋町の伏見屋は、江戸でも指折りの骨董商だ。客は道楽に大金を注ぎ込める大店の主人や大名旗本、名の通った粋人などで、大家の娘に過ぎないお美羽が行ったところで相手にされないだろう。寿々屋宇吉郎も、骨董にはさほど入れ込んではいないので、口利きは頼み難かった。

「うちは全然よ。お父っつぁん、百文の瀬戸物と百両の柿右衛門の区別もつかないわ」

おたみがかぶりを振る。

「柿右衛門を知ってるだけ上等だよ。お千佳ちゃんは？」

「うちも駄目。でもお祖父ちゃんは幾つか買ってたみたいだけど。高いのは一両ぐらいする、なんて聞いてる」

その程度では、伏見屋と面識はあるまい。お美羽は頭を悩ませた。

「お祖父ちゃんが付き合ってた骨董屋さんを通じて、伏見屋さんに繋がらないかな」

「それはどうかなあ」

お千佳は首を傾げた。

「骨董屋さんにも格があるでしょう。知り合いの知り合いの知り合い、って風に辿らないといけないかもね」

双六じゃあるまいし、それでは当てにならない。

幻冬舎文庫 6月の新刊

幻冬舎文庫は毎月10日ごろ発売！

猫のホンダニャン

書店員のブンコさん

©益田ミリ
2023.06

明日の夕餉
居酒屋お夏 春夏秋冬

岡本さとる

幸せな団欒に不穏な波風が!?

足袋職人の弥兵衛は人も羨む隠居暮らしを送っていた。だが、最愛の娘の久々の訪問が彼の心を乱してしまう。お夏は弥兵衛の胸の内に溜まった灰汁を取ることができるか？　大人気シリーズ第七弾。

書き下ろし

715円

小梅のとっちめ灸
(三)針売りの女

金子成人

恋仲だった清七はなぜ死んだ？　真相を探る灸師の小梅に、彼女が助けたある男が意外な話を告げる。一方、因縁のある土地で出逢った針売りの女の姿に小梅は瞠目し……。人気シリーズ第三弾！

書き下ろし

759円

剣の約束
はぐれ武士・松永九郎兵衛

小杉健治

人でなししか殺さない――。どこまで信念を貫けるのか？

御前崎藩の江戸家老の命を守ったことを契機に、藩に近づいた九郎兵衛。目にしたのは藩主の座を巡って十年以上続く血みどろの争いだった……。剣豪が江戸の悪党どもを斬る傑作時代ミステリー！

書き下ろし

847円

「あのさあ」

おたみが何か思い出したらしく、袖を引いた。

「もっと近くに、骨董に入れあげてる人がいるよ」

えっ、とお美羽もお千佳も目を見開く。

「誰なの、それ」

「扇座(おうぎざ)の座元の、清左衛門(せいざえもん)さん。この前、五十両で壺を買ったって聞いたよ。あの人ならお美羽さんの頼み事、聞いてくれるでしょう」

灯台下暗し。さすが芝居好きのおたみ、そういう裏話も知っているのか。お美羽はしばらく前、扇座で起きた大騒動の解決に手を貸していた。入舟長屋の大工の和助が巻き込まれたからなのだが、清左衛門は恩義を忘れていないはずだ。

「よく思い出してくれた、ありがとう」

礼を言ったところで師匠が入って来て、さあさあ静かになさいと手を叩いた。お美羽たちは話を止め、おとなしく机に向かった。

伏見屋は、日本橋通りの一つ西側の通りに面して、店を構えていた。間口は十二間ほどだ。寿々屋ほど構えは大きくないが、奥行きがありそうで、建物も地味に見えるが柱は太く、相当に質の高い材を使っているようだ。

「なかなかに立派な店だな」

同行してくれた山際が言った。

「華美は避け、見えないところに贅を凝らしているようだ。これなら奢侈の禁令にも触れないだろうし、目利きを相手にする骨董商らしいと言えそうだな」

そういうものか、とお美羽は感心する。改めて見ると、濃紫の暖簾も品良く感じられた。

暖簾を分けて店に入り、番頭に来意を告げる。先に扇座から文を出してもらっていたので、すぐ丁重に奥座敷に通された。

「清左衛門殿は、なかなかの上客らしいな」

座敷に座った山際が、囁いた。おかげで助かります、とお美羽が頷く。

扇座の清左衛門は、お美羽の頼みを二つ返事で引き受けてくれた。幸い伏見屋とは客としての付き合いが長く、すぐに文を、と言って、お美羽が扇座にとって大恩ある人と、いささか大袈裟に書き連ねた。お美羽が思う以上に、清左衛門は大きな借りがあると思っているようだ。

「お待たせをいたしました。伏見屋徳吾郎（とくごろう）でございます」

お美羽たちの前に座った徳吾郎は、年の頃四十二、三、痩身でえらの張った顔立ちだ。穏やかそうに見えるが、眼光は意外に鋭い。多くの骨董の真贋をその目で見分けてきたのではないか。

「はい、清左衛門様からの文は拝読いたしました。実は手前は、芝居には目のない方でして」

なるほど、芝居好きという縁もあって、扇座と深い付き合いになったようだ。お美羽たちは前振りとして、しばし扇座の芝居のことを話題にした。

「清左衛門様は、大層な御恩があると書かれていましたが、もしや先だっての桟敷席の一件、でございますか」

徳吾郎が慎重に探りを入れてきた。もちろん詳しいことは話せないので、「はい、いささかお手伝いをさせていただきました」と言うに止めた。徳吾郎はそれで大方を察したようだ。「左様でしたか」とだけ言った。

「実は今日お伺いいたしましたのは、他でもございません。庭田露風さんと光悦茶碗のことについて、御教示賜りたく存じまして」

お美羽は遠回しを避け、はっきり言った。徳吾郎の目が光った気がした。

「やはり、その件でございますな」

徳吾郎は特に驚きもせず、お美羽たちを見据える。

「失礼ですが、露風さんとはどのような関わりでいらっしゃいますか」

「それについては、ただ近頃露風殿を深く知るところとなり、捨て置けなくなった、とだけ申しておこう」

山際が簡略に言った。続けてお美羽が言い添える。

「このこと、八丁堀の青木様もご承知です」

青木の名が出ると、徳吾郎の眉が僅かに動いた。

「なるほど。わかりました」

これだけで事情がわかったとは思えないが、徳吾郎なりに青木が何らかの思惑で内々に動いていると解したようだ。一息ついてから、おもむろに語り出した。

「あの茶碗の話が持ち込まれたのは、去年の神無月(かんなづき)のことでございます。知り合いから、京のお公家の家から出た光悦の茶碗が売りに出ている、と耳打ちされました。

光悦の茶碗はごくたまにしか表に出ませんので、好機であると。手前も骨董を生業とする以上、見過ごしにはできませんで、茶碗を拝見することにいたしました」

「どのような茶碗であったのかな」

山際が尋ねる。黒樂(くろらく)です、と徳吾郎が答えた。

「黒樂については、ご存じでしょうか」

「はい。黒い樂焼ですね。鉄を含んだ釉薬(ゆうやく)を何度もかけては干す、ということを繰り返すもの、と聞きますが」

何も知らずでは格好がつかないので、下調べはしてある。徳吾郎は「左様でございます」と言った。恥はかかずに済みそうだ。

「光悦の作は赤樂の方が多いかと思いますが、その黒樂、光悦のものと信ずべき事情がございましたのでしょうか」

「はい。光悦のものに相違ないと断ずる、書付が添えてありましたもので」

「ほう、書付」

山際が興味深そうに言った。

「誰が書いたものかな」

「露風さんでございます」

そういうことか、とお美羽は内心で大きく頷く。露風が本物と請け合った書付を見て、買った人たちは信用する気になったのだ。

「露風殿は、こういう目利きについては信用があったのだな」

「その通りです。今まで、幾多の品を目利きしていただきました。目の確かさについては、作陶をなさる方や表千家の方々、光悦にも劣らぬ名のある文人の子孫の方などがお認めになっていました」

なのにどうしてこのようなことをなさったのか、と徳吾郎は肩を落とした。信じていたのに裏切られた、ということだ。

「その黒樂、伏見屋さんご自身が贋作と見破られたと聞きましたが」

「僭越(せんえつ)ながら、左様でございます」

「どうしておわかりに」

「はい。手前は買い付けで京に上りました折、さる高位のお公家のお屋敷で、本物の光悦の黒樂を拝見したことがございました。しばらく後に件(くだん)の茶碗を仔細に眺めておりましたところ、かつて自分が見たものと比べ、いささか妙だと気付きました」

「そのお公家様の茶碗は、本物の光悦に間違いないのですね」

「先祖が豊太閤から拝領し、代々受け継がれたものだそうです。間違いございませんし」

豊臣秀吉から直々に拝領した品なら、疑いようはあるまい。

「わかりました。それで、どのようなことにご不審が」

「高台の景色が、綺麗過ぎるというか……味が薄いのです」

お美羽は一瞬、意味を測りかねた。下調べの内容を必死に思い起こす。今の焼物というと轆轤で形を作るのが普通だが、樂焼は手でこねてへらで整える、という作り方だ。敢えて自然な歪みを楽しむのである。それとは違うものを、徳吾郎はその茶碗に見つけたのか。

「光悦の樂焼にしては、整い過ぎだということでしょうか」

「はい。どこか、無理に整えたような。これはと思い、その道では大変名の知られた表千家の方のところへ伺候いたしまして、見ていただきました。すると、やはり偽物とははっきり言われまして」

露風より格上の目利きに確かめたというなら、まず間違いなかろう。

「そのお方も、露風ともあろう者がと大変憤られましたので、手前が宥めて、すぐに茶碗を持ち込んだ知り合いを呼び、どうしたことかと質しました。するとそのお人も仰天なさいまして、自分も露風さんの書付を信用していた、と。そこで茶碗を売った先を共に廻り、偽物であることをお伝えしたのです」

「そのお知り合いとはどなたか、伺ってもよろしゅうございますか」

徳吾郎は、逡巡した。知人の立場を慮ったようだが、仕方ない、と割り切ったらしく、教えてくれた。

「尾張町の呉服屋、山城屋さんです」

「後で山城屋さんにもお話を聞きに伺います。伏見屋さんから聞いた、と申し上げても構いませんか」

徳吾郎は眉間に皺を寄せたが、「構いません」と言った。

「ありがとうございます。それで、伏見屋さんもその茶碗の代金を払われたのですね」

「はい。気付いたのは、買ってひと月余りも経ってからでしたので」

いかにも残念そうに言った。書付などより自らの目を信じれば良かった、との後悔だろう。

「偽物は四つか五つ、と聞きましたが」

「五つです。迂闊でした。光悦なら、一度にそんな数が出るはずがないのです。そこで疑うべきなのに、光悦と聞いてつい、浮ついてしまいました」

出どころが確かなお公家、と聞いたことでも惑わされました、と徳吾郎はしきりに悔やむ。

「どのようなお公家かな」

元は大名家の家来だったからか、多少は公家の事情を知っているらしい山際が尋ねる。

「山城屋さんからは、一条家に繋がる由緒あるお家、とだけ聞いておりました」

「一条家か。前関白の」

山際は、一条家の係累なら光悦を持っていてもおかしくない、と思うだろうなと訳知り顔で言った。

「一つ三百両で売られたと聞いておりますが、間違いございませんか」

「はい、相違ございません」

「お買いになった方を、お聞きしてもよろしいですか。お一方はお大名だそうですが」

徳吾郎はさすがに表情を硬くした。

「それはご容赦のほどを。どなたも、世間の評判というものがございますので」

ああ、やはりか。この様子では、どう頼んでも駄目だろう。だが、山城屋から話が聞けるなら、買った人まで無理に知らなくてもいい。

「わかりました。忘れて下さい」

強張っていた徳吾郎の肩が、ほっとしたように落ちた。

「伏見屋殿、話に出た露風殿の書付だが」

山際が思い出したように聞いた。

「貴殿か山城屋殿が持ってはいないか」

いいえ、と徳吾郎はかぶりを振る。

「お役人様にお渡ししました。今は北のお奉行所にあると思いますが」

北町奉行所なら好都合、後で青木に頼んで見せてもらおう。

「ならば仕方ないが」

山際は少し考えて、言った。

「以前に露風殿が同じように真贋を証した書付を何か、お持ちではないか」

徳吾郎は何故、と問いたげな顔をしたが、お待ち下さいと座敷を出ると、しばらくして戻って来た。折り畳んだ紙を手にしている。

「こちらでございます。一昨年、四代樂吉左衛門の作という樂茶碗を鑑定していただいたもので。本物であるとの書付です」

拝見する、と言って山際は折り畳んだ書付を広げ、お美羽にも見せた。流麗な書体でこれこれの品が四代樂吉左衛門の作であると短くしたためてあり、落款が押してあった。お美羽が下調べで得たところによると、樂家は樂焼を創始した家で、当主は代々吉左衛門を襲名する。その四代目なら、百何十年か前だろう。かなりの値打ち物だ。

「こちらを、お預かりしても構わぬか」

徳吾郎はさして考える風もなく、どうぞお持ち下さいと言った。もはや露風の書付など当てにならない、と思っているのかもしれない。

山際は書付を懐にしまうと、もういいかと目でお美羽に問うた。お美羽が充分ですと目配せを返し、二人は丁寧に礼を述べてから伏見屋を辞した。

日本橋通りに出た二人は、山城屋に向かった。数寄屋町から尾張町までは、通りを真っ直ぐ十二町ほどだ。

江戸で一番繁華な大通りである日本橋通りは、いつも大勢の人で賑わっている。お美羽は行き交う人波を避けて歩きつつ、山際に聞いた。

「山際さん、あの書付ですけど。以前のものを預かって来た、ということは、もしかして」

振り向いた山際は、ニヤリとする。

「お美羽さんなら、理由はもうわかっているのではないか」

お美羽も「ええ」と笑った。

「光悦茶碗についての書付は、偽物かもしれないと思ってらっしゃるんですね。それで、以前の書付と突き合わせてみようと」

「さすがだな」

山際は頷きながら微笑んだ。

「私も、露風殿が贋作を本物として買い手を騙したとは、思えん。さっき伏見屋は、直に露風殿から書付をもらったのではなく、茶碗と一緒に持ち込まれたように言っていた。ならば、偽書であることも考え得る。もし偽書なら……」

「山城屋さんが、どこまで承知していたか、ですね」

そこだな、と山際は頷いた。


山城屋仁斎(じんさい)は、訪ねて来たお美羽と山際に、どうにも迷惑そうな様子で応対した。

「伏見屋さんからお聞きに？　では仕方がありませんな」

仁斎は、これ見よがしの溜息をついた。仁斎とは茶人か書家みたいな名だと思ったが、実際に初代は書画をよくする文人だったそうで、代々その名を継いでいるという。呉服屋なのに骨董にも造詣が深いのは、先祖の血のせいかもしれない。だが容姿は小太りで福々しく、商人以外には見えなかった。

「それではお尋ねします。山城屋さんはあの光悦茶碗を、ご自身で見つけられたのですか」

仁斎は不快を隠さずに答えた。

「いいえ。商いの付き合いがあった京の同業が持ち込んで来たのです。私も騙された側で」

それはうちに来られたお役人様にも申し上げました、と仁斎は言い添えた。

「京の呉服屋さんですか」

「小倉屋(おぐらや)さんといいます。その人が、昔から出入りさせてもらっているお公家様から、家宝を売りたいと相談されたと」

「一条家の御一族とか」

「そう聞きました。もちろん、私は直には存じ上げません」

「その小倉屋さんからは、時々そのような頼み事をされるのですか」

「ええ、以前に二度ばかり。どれも、代々伝わる骨董を売りたいのだが、京で売るとすぐに知られてしまい、外聞が悪い。そこで、江戸なら買い手も多いだろうし、近所に知られることもあるまいとお考えになったわけです」

公家はどこも台所が苦しい、ということは、お美羽も耳にしていた。暮らしのため、昔から伝わる品を手放すことも多いらしい。

「骨董屋さんではなく呉服屋さんに頼まれた、というのは」

「度々出入りしているので、話がしやすかったのでしょう。骨董屋をお屋敷に呼んだら、すぐご近所に知れますし」

知れたって別にいいだろう、とお美羽は思うが、それなりの公家ともなると、体裁に気を遣うのだろうか。

「でも、お公家様のお頼み、というのは小倉屋さんが言ったことでしょう。言葉だけでお信じになったのですか」

「いえ、ちゃんと書状を持参されたのです。拝見したところ、小倉屋さんに茶碗を売ることを任せるということがきちんと書かれ、お名も落款もございました」

「その書状は今、お持ちに？」

「いえ、小倉屋さん宛てのものですので、拝見しただけです。小倉屋さんが持ち帰られました」

公家の名が書かれたものを残して、証しとされるのを避けたのだろうか。

「そのお公家様のお名前は」

仁斎は、思いのほかあっさり答えた。

「上洞院実泰（かみのとういんさねやす）様です」

ですがお調べは無理でしょうね、と仁斎は諦めたように付け足した。いささか投げやりになっているようだ。

「で、その茶碗、庭田露風殿に見せたのか」

急に山際が聞いた。不意を衝いて、どんな顔をするか見ようとしたのだろう。

「は？　ああ、書付のことをおっしゃってるんですね。いえ、私ではありません」

仁斎は一瞬、訝しむ顔つきをしてから、改めて気が付いたように言った。お美羽が念を押すように聞く。

「山城屋さんではないとすると、小倉屋さんなのですか」

「はい。小倉屋さんから茶碗を見せられたとき、念のため露風さんに見せて書付を書いてもらったと言って、一緒に出して来ました。露風さんの名は存じ上げていましたので、安心していたのですが」

仁斎は腹立たしいとばかりに言った。

「後で伏見屋さんから偽物と聞いたときには、本当に驚きました。まさか露風さんが詐欺の片棒を担ぐとは思いませんで」

「茶碗をお売りになった先は、山城屋さんのお知り合いですか」

「はい。出元が由緒あるお公家で、仲立ちが前からの知り合いの小倉屋さん、本物と請け合う書付が露風さん。これならばと信用したのが間違いでした。おかげでこの私も詐欺の仲立ちをした格好になり、すっかり信用を落としてしまいました」

お詫びに回るのが大変でした、と仁斎は苦い顔で言う。

「私に弁償しろと言う方もおりまして。お腹立ちはごもっともですが、とても千五百両などというお金は払えません。それなりの方に間に立ってもらい、三月かかってやっと事を収めたという次第で」

千五百両。やはり一つ三百両で売っていたのか。一応売り先を聞いてみたが、思った通り、それはご容赦をと断られた。

「売った代金はどうなった。全部小倉屋が持って行ったのか」

山際が確かめると、仁斎はそうだと言った。

「私は小倉屋さんをご紹介する形で、実際に茶碗を引き渡し、代金を受け取ったのは小倉屋さんです」

「では、山城屋殿はただ働きか」

仁斎は、ちょっとばつが悪そうに答えた。

「いえ、その時は口利き料として、五両ずついただきました。ですがもちろん、買い手の方々にお返しいたしましたよ」

口利き料までもらっていたら、買い手が山城屋に腹を立てるのも仕方ないか、とお美羽は思った。

「小倉屋さんは、代金を懐に京に戻られたのですね」

「もちろん、両替屋で手形に替えての送金です。早くに気付けば、両替屋で差し押さえることもできたでしょうが、間に合いませんでした」

仁斎の言う通りなら、その小倉屋という男、今頃ぬくぬくと千五百両を手に入れているわけだ。無論のこと、その公家も分け前を手にしているだろう。

「企んだのは、小倉屋ということだな」

言うまでもない、と仁斎は吐き捨てる。

「小倉屋はその後、どうしている」

「わかりません。詰問の文を何度も送りましたが、なしのつぶてです。京の他の知り合いに頼んで、様子を見に行ってもらいましたが、店は閉まったままらしいです」

店を捨てて、姿をくらましたか。それを聞いた山際が、考えながら言った。

「であれば、小倉屋の商いは既に立ち行かなくなっていたのかもしれんな。どこかへ逃げてやり直す金を工面するため、詐欺を思い付いたのではないか」

初めから店を捨てる気なら、取引相手だった山城屋を嵌めても構わない、と思ったのだろう。大胆な話だが、追い込まれれば開き直れるものなんだろうか。

「だとしても、こちらは大変な迷惑です。何でこんな目に遭わされるのか」

仁斎は、自分一人が貧乏くじを引いたとでも言うように、嘆いて見せた。

十一

「露風の書付を見せろだと？」

奉行所でお美羽と山際に呼び出された青木は、眉を吊り上げた。

「奉行所にあると聞いたのでな」

山際は当然のように言った。

「見て、どうするんだ」

「簡単に言うと、本当に露風殿が書いたものか確かめたい」

「偽書だってぇのか」

青木は少しむっとした。

「あれは露風の字だ、ってことで調べは済んでる」

奉行所も一応は、真筆かどうか検めていたようだ。が、山際は食い下がった。

「書を生業とする者が、きちんと見定めたのかな」

青木は嫌な顔をした。推察するに、書の玄人でもない役人が見た目で断じたようだ。

「青木様、お白州に出ないと決まったものなら、拝見しても差し支えないのでは」

お美羽が言ってやると、青木もそれ以上言い返すのをやめた。無言で立ち上がり、ぷいっと顔を背けると、そのまま部屋を出てどこか奥へと去った。

二人はしばらく、座って待った。奥の方から、同心たちが交わしているらしいざわめきが微かに聞こえる。ここは玄関に近いので、陳情や訴えに来る者の声が、しばしば耳に届いた。廊下の足音も、間断なく響く。奉行所って忙しいんだ、とお美羽は今さらながらに思った。いきなり仕事を邪魔された青木が不機嫌なのも、わかる気がした。

やがて、ひと際高い足音が近付き、襖が急に開けられた。入って来た青木は、手に折り畳んだ書状らしいものの束を持っている。青木はお美羽たちの前にどしんと座ると、投げ出すように書状の束を置いた。

「全部持って来たぞ。好きに見ろ」

全部？　てっきり一通だと思っていたお美羽は、驚いた。目の前の書状は、四つもあった。

「これ全部、露風さんの書付ですか」

思わず聞くと、青木は何が気に入らないんだ、とばかりに言った。

「偽茶碗四つに、一つずつだ。当たり前だろうが」

そういうことか。それぞれに証しとして、書付を付けて売ったのだ。

「茶碗は五つあったんじゃないのか」

山際がもう一つはどうした、と尋ねると、青木は面白くもなさそうに答えた。

「お大名のところに行った一つは、そのままだ。町方が出張るわけにいかねえからな」

山際はそうかと頷き、書付を引き寄せて一枚ずつ広げた。その手前に、伏見屋から借りて来た一昨年露風が書いたという書付を出す。青木の鋭い視線を浴びながら、お美羽と山際は額を寄せて、それらをじっくりと見比べた。

四半刻もそうしていただろうか。お美羽と山際はほぼ同時に顔を上げ、見交わして互いに頷いた。

「おい、どうだったんだ」

様子から察したようだ。青木が焦れたように促した。お美羽は青木の目を見据え、きっぱりと言った。

「この四通、偽書です」

何だと、と青木が目を剝く。

「言い切るのか、お前が。確かなのか」

お美羽は薄笑いを浮かべて、胸を反らした。

「憚りながら、私が何年書を習ってるとお思いですか」

師範代を自負するお美羽は、自信を持って四通を指差した。

「碗の字のはね具合、申し候の流し方、他にも幾つか挙げられます。それに、全体にぎこちなさが見られます。露風さんの書を知る誰かが、それを手本に真似書きしたものに違いありません」

青木は唸って、山際に目を移す。

「山際さん、あんたの見立ても同じか」

「うむ。お美羽さんの言う通りだと思う。書については、お美羽さんの目の方が確かだろう。ついでに言えば、落款も偽物だな。本物の縁にある、僅かな欠けがない」

「お疑いなら、名のある書家の方にお確かめになって下さい」

言い添えると、青木はこめかみに青筋を立て、平手で偽書をばしっと叩いた。

「くそっ、舐められたもんだ」

追い討ちのように山際が言う。

「これは、露風殿が嵌められたという証しになるのではないかな」

「いや……まだそう断じるのは早計だ」

青木はなおも言い張った。

「真似書きだったら、お美羽も今言ったように手本が要る。だが他のいろんな書付や書状から字の特徴を見極めて、新しい書付を作るってのは、相当な手練れじゃねえと難しいだろう。露風自身がまずこの書付を書いて、そいつをそっくり写したって方がありそうじゃねえか」

そこまで言うか、とお美羽は腹が立った。だが考えてみると、青木の言うこともわからなくはない。お白州で露風の潔白を言い切るには、足りないかもしれない。

「しかし、それなら五通とも露風殿が書けばいいだろう。なぜわざわざ写すんだ」

青木の言い分に山際が疑念を挟んだ。

「さあな。露風には一通分の金しか払わなかったのかもな」

「ならば、露風殿に金を払った首謀者が、他にいるということになるが」

すぐに返され、言葉に詰まりかけた青木は突き放すように言った。

「いずれにせよ、贋作の一件はなかったことになってるんだ。今さら嵌められたの何のと言っても、奉行所としてできることはねえ」

「青木さん、正直に言えよ」

山際が嗤った。

「美濃屋殺しと露風殿の拐かし。こいつと繋げられれば、詐欺を働いた連中も改めてお縄にできる。そう踏んでこそ、お美羽さんや私に好きにやらせてるんだろう」

青木は苦虫を噛み潰したような顔で、山際を見返した。

「あ、そうだ。忘れていた」

青木のきつい目線を躱すようにして、山際が膝を叩いた。

「根岸の露風殿の家に、見張りを置いているか」

「見張り？　いいや、そんなもん置いてねえぞ」

ただでさえ手が足りてねえのに、お縄にできねえ露風に人手を割けるもんか、と青木は答えた。山際は黙ってお美羽に目を向けた。お美羽も小さく頷く。露風の家に行ったとき山際が感じた気配、あれはやはり詐欺の一味だったのだろうか。

翌朝一番に、お美羽は新兵衛店に行った。智之助が出かける前に、昨日調べたことを話しておきたかったのだ。

木戸を入った途端、井戸端で洗濯していたおかみさんたちが、一斉に顔を向けた。

おはようございます、と頭を下げると、挨拶が返ってきたが、智之助の家の前に立って振り向くと案の定、頭を寄せ合って噂に花を咲かせているようだ。これは完全に智之助の「いい人」にされちゃってるな、と照れの混じった苦笑いを浮かべ、障子を叩く。

「あ、お美羽さん。度々、すいやせん」

恐れ入ったように智之助は腰を折った。

「いろいろわかったことがあります。入っていいですか」

ええもちろん、と智之助は一歩下がり、お美羽を通した。お美羽は畳に上がって、智之助と向き合う。狭い部屋に二人きり、というのはちょっとどきどきした。だが、どうせ長屋の人たちが聞き耳を立てているだろう。まずは大事な知らせを伝えないと。

「智之助さん、日本橋数寄屋町の伏見屋さんって知ってますか」

「伏見屋？　いや、知りやせんが」

「そこの主人の徳吾郎さんという人が、茶碗が偽物だと最初に気付いたんです」

お美羽は伏見屋と山城屋と小倉屋の関わりを、聞いた通りに話した。智之助の目が、次第に大きく見開かれる。

「驚いた……俺にはとても、そんな調べはできねえ」

一通り聞き終えた智之助は、感嘆の声を上げた。

「お美羽さん、あんた、すげえ人ですね」

「いいえ、そんな。手伝ってくれたり口利きしてくれた人のおかげです」

「そういう人が周りに幾人もいる、ってことがすごいんじゃねえですかい」

仏様でも見るような目を向けられ、お美羽はお尻がむず痒くなった。

「あ、それより大事なことが。露風さんが詐欺を働いたんじゃない、って証しが一つ、出たんです」

えっ、と智之助が目を輝かせる。

「本当ですかい」

「ええ。露風さんがあの茶碗を本物とした書付を、見せてもらえたんです」

お美羽は四通の偽書のことを話した。青木がまだ疑いを払拭したわけではないことも。

「そうですか。いや、わかりました。八丁堀がどう思おうと、無実の証しが一つでも出たってぇのは、大きいです」

智之助は今の話で、ずいぶん意気が揚がったようだ。

「俺の方も、ちっとは進みやしたよ。あの駕籠、ぐるっと南の方へ回り込んで、通りへ出たみたいです。それらしいのが万年橋を渡って左へ折れるのを見た、って奴がいました」

それは常盤町の居酒屋で飲んでいた職人で、通りへ出たところで駕籠にぶつかりかけ、気を付けろと怒鳴ったら、駕籠に付いていた男に睨まれたそうだ。提灯の灯りでも素人ではなさそうなのがわかったので、喧嘩にはしなかったという。

「橋を渡って左ってことは、川沿いに東へ行ったのね」

万年橋は二ツ目通りが小名木川を越えるところに架かっている。左に折れると、道は小名木川の左岸、つまり南側に沿って真っ直ぐ、葛飾へと延び、確か中川にぶつかって終わるはずだ。

「大家さんとこで絵図を見せてもらったんですがね。あっちは武家屋敷とかが多くて、町家は少ねえ。手前から順に当たって行けば、捜し当てられるんじゃねえかと」

途中で他の道に入ったかもしれないし、言うほど簡単ではないだろうが、智之助は期待を持っているようだ。水を差すのはやめておいた。

「でも気を付けて下さいね。根岸の露風さんの家で私たちを見てた人、町方じゃありませんでした。奴らの仲間かも」

「やっぱりそうでしたか。なあに、手を出して来たら却って好都合、それこそ尻尾を出したってことだ」

目に物見せてやりまさぁ、と智之助は高笑いした。そこでお美羽は、持って来た包みを差し出す。

「あの、これは？」

首を傾げた智之助の目の前で、包みを解いた。竹の皮にくるんだ握り飯だ。

「こっちにかかり切りじゃ、お仕事もできないでしょう。良かったらお昼に食べて」

日銭を稼げていないだろうから、飯に困るだろう。そう思って持って来たのだ。

智之助は目を丸くした。

「うわ、こいつは有難ぇ。遠慮なく頂戴しやす」

やはり飯の当てはなかったようだ。智之助は、神棚に捧げるかの如く握り飯を受け取った。ただの握り飯に沢庵を添えただけで、こんなに喜んでもらえるなんて。しまった。佃煮か蒲鉾(かまぼこ)でも付けとけば良かった。ええい、今度は重箱に詰めて来よう。


「俺は、お美羽さんに出会えて良かった。本当にそう思います」

智之助が拝むように言った。それ、露風さんのために、ってだけじゃないですよね。そう確かめたかったけれど、口には出さずにおいた。


長く待つことはなかった。お美羽が新兵衛店に行って二日後、今度は智之助が入舟長屋を訪ねて来た。

「お美羽さん、お美羽さん、見つかりましたよ！」

勢いよく表の戸が開けられ、智之助の大きな声が響いた。お美羽も欽兵衛も、びっくりして表口に飛んで出た。

「どうしたの智之助さん。見つかったって、露風さんの手掛かりですか」

智之助は、顔の前で激しく手を振った。

「手掛かりどころじゃねえ。露風先生が閉じ込められてるところがわかったんで」

何だって、と欽兵衛も仰天する。

「本当かね。いったいどこだい」

「深川下大島町です。阿波の蜂須賀様のお屋敷と、小名木川を挟んで向き合う辺りで」

「蜂須賀屋敷の向かい側？　もう江戸の端っこじゃないか」

あの辺は、もうほとんど大島村だ。そんなところまで連れ去られていたか。

「露風さんの姿が見えたのかね」

欽兵衛が確かめると、智之助は逡巡を見せた。

「そいつはその、この目で姿を見たってわけじゃねえんですが」

じゃあどうして、と欽兵衛が言いかけるところへ、智之助は懸命に話す。

「怪しい駕籠を見たってぇ人を次々、と言っても三人しか見つからなかったんですが、それを辿りやしたら、小名木川を反対側に渡って下大島まで行っちまいましてね。そこで聞き込んでみたら、夜に醤油蔵の戸締りをした蔵番が、その駕籠が蔵の前を通って左の方へ入った、ってんですよ。その蔵番、そっちの方には潰れた醤油屋の蔵があるだけなのにどうして駕籠が、って変に思ったんで覚えてたんですね」

下大島には味噌や醤油を造る店が多く、醤油蔵が幾つも建っている。使われなくなった蔵の一つに、露風が閉じ込められているらしい、と言うのだ。

「ちょいと様子を窺ってみたら、人相の悪いのが二人ばかり、隠れるようにしてその空き蔵の番をしてやがったんで。さすがにそいつらの隙を衝いて中を覗くのは、無理でしたが」

面目ねえこって、と智之助は済まなそうに言った。

「無理しなくていいのよ。相手は大の大人を拐かすような連中よ。見つかったら何されるかわかんないわ」

智之助が血気に逸(はや)らないで良かった、とお美羽は胸を撫で下ろした。

「それにしても、よく見つけましたねえ。智之助さん、立派です」

いえそんな、と智之助が赤くなる。

「とにかく急いで助け出さねえと、と思いやして。ここは山際さんにお願いしようと。あのお方、腕は立つんでしょう」

確かに山際の剣の腕は相当なもので、お美羽も何度も助けられている。ただし、血を見るのが嫌いなので、人を斬ったことはなかった。それでもやくざ者の二人や三人、峰打ちで叩きのめすぐらいは瞬きする間にやってのける。

「もうすぐ手習いの仕事から帰って来るわ。そしたらすぐにお願いしましょう」

「お美羽、喜十郎親分も呼んだ方がいいよ」

横から欽兵衛が言った。もっともだ。間違いなく露風が囚われている、との確証があれば青木を呼ぶところだが、今はまだ、その疑いが強いというだけである。それでも、十手持ちには一緒に行ってもらった方がいい。

「わかった。親分を呼んで来る。智之助さんは、山際さんが戻ったら今の話をしてあげて」

承知しやした、と言う智之助を残し、お美羽は南六間堀へ急いだ。


喜十郎の腰は、やはり重かった。

「あの智之助って奴が、怪しい空き蔵を見つけた。又秀だか露風だかがそこにいるに違いねえ。踏み込んでみるから手伝え。こういうことか」

喜十郎はお美羽の話をそんな風にまとめて、煙管をふかした。

「誰の持ち物かもわからねえ蔵に、勝手に押し込むんだぞ。そんなあやふやな話に付き合えってのか」

「あやふやってことはないですよ。見張りまで置いてるんだし」

「本当に見張りなのか。まあ見張りだったとしてもだ。賭場か何かかもしれねえだろ」

「だからこそ、十手のご威光が要るんですよ。賭場荒らしだと思われたら困るし」

喜十郎は、面倒な話だとばかりに首を振った。

「だいたいあの辺はややこしいんだ。奉行所と代官所の支配が重なってる。百姓地に入りゃ、そこはもう町奉行所の支配の外側だしな」

「両支配なら、町方が踏み込んでも全然構わないじゃないですか。お願いしますよ」

ああ言えばこう言いやがって、と喜十郎は顔を顰めた。お美羽の方も次第に苛立って来た。

「あのねえ親分、露風さんを見つけ出したいのは、青木様だって同じでしょう。それで私たちに目を配るよう言われたって、この前ぼやいてらしたじゃないですか」

嫌なところを衝いたので、喜十郎が目を逸らす。

「それにですよ。空き蔵を見張ってるらしい連中、美濃屋さんを殺したのと同じ奴かもしれないでしょう。それを見逃したら、青木様が何ておっしゃるか……」

「ええもう、わかった。わかったよ」

とうとう喜十郎が降参した。

「一応縄張りってもんがあるからな。大島界隈に長平って岡っ引きがいる。そいつに付き合わせる」

「わあ、ありがとうございます。それじゃあ、早速お願いします」

「何だ？　今から行こうってのか」

「はい。山際さんを摑まえて、すぐに。もうお願いはしてあります」

喜十郎は、ええ畜生め、と舌打ちしながら、ようやくのことで腰を上げた。

十二

上大島町の岡っ引き、長平の本業は湯屋だった。岡っ引きにはやくざと大差ないのが結構いるが、喜十郎によるとかなり真っ当な男だそうだ。お美羽と智之助と山際に、下っ引きの甚八を従えた喜十郎の合わせて五人は、日の高いうちに長平の湯屋に着いた。この刻限では湯屋の客も多くはなかったので、ゆっくり話ができる。

「下大島の空き蔵か。丸六ってぇ醤油屋だったところだな」

心当たりがあるらしく、長平が言った。喜十郎と似た年配で、体つきは喜十郎よりだいぶ細身だが、同業らしく目付きなどはよく似ている。

「知ってるのか。潰れてからどうなった」

喜十郎が聞くと、長平はお美羽たちに顎をしゃくり、「こっちは」と問うた。娘と浪人とよくわからない若い衆、という組み合わせは、長平の目からは胡散臭く見えたのだろう。

「今度のことを持ち込んだ知り合いだ。青木の旦那とも通じてる」

青木の名が功を奏したか、長平はそれ以上聞かずに頷いた。

「丸六の主人は博打に嵌まって身代を潰したんだ。店と蔵は借金のカタに取られた。金を貸したのは賭場と通じてる奴で、ちょいと曲者だ。ただ、そいつは危ねえ橋は渡らねえ。しばらくは使ってなかったから、誰かに貸したんだろうな」

貸した相手もどうせろくな奴じゃあるめえ、と長平は言った。

「で、そこに誰が連れ込まれたって？」

「庭田露風って茶人らしい」

「茶人だと？　そんなのを閉じ込めてどうすんだ」

長平が呆れたように言った。長平たちが相手にしている連中からあまりに縁遠いので、ピンと来ないのだろう。

「詐欺に関わりがある。絡んでるのは千両以上だ」

長平は眉を上げ、「なるほど」と得心した顔になった。

「今から踏み込むのか」

「そうしたいところだ」

喜十郎はさっさと片付けたがっているようだが、長平は少し考え込んだ。

「向こうは何人いるかわからねえんだろ。まず、俺の手下に様子を見に行かせよう」

それを聞いてお美羽は、ほっとした。この長平、かなり手慣れているようだ。長平は立ち上がって大声で下っ引きを呼ぶと、下大島の空き蔵に走らせた。

「まあ、踏み込むとしても蔵の周りは人通りがあんまりねえんで、こっちは目立つ。幸い、今日は晴れだ。月明かりがあるだろうから、夜の方が良かろう」

長平が言うのに、喜十郎も山際も賛同した。


長平の手下は、一刻（約二時間）ほど経って戻って来た。

「外で見張ってるのは、二人です。二十五、六の目付きの悪い男で、懐に匕首を呑んでるようですね。あと、中に一人。しばらく見張ってる間に一度、外の奴に声かけて鍵を開けさせて出て来たんですが、ちょっとどこかへ行ってからまた戻って来ました。飯の世話とかしてる奴でしょう」

「よし、ご苦労だった。日が暮れたら、出張るぞ」

下っ引きは、へいと頭を下げて出て行った。長平は改めてお美羽たちに聞いた。

「その露風ってのは、拐かされて十二日ほど経ってんだよな」

「そうなんです。だから体の方が大丈夫かなと」

露風は若くない。それだけ長く閉じ込められていれば、体を壊さないか心配だった。

「まあ、それだけ長くなら、縛られてるってことはあるめえ。飯さえ食えてりゃ、保つだろう」

長平は安心させるように言ってから、疑念を口にした。

「だがそんなに長く閉じ込めておいて、何がしたいんだ。口を塞ぐなら連れ去ってすぐに殺るだろうし、何か吐かせたいなら、とっくに済ませてるんじゃねえか」

「それは……」

実はお美羽も、長平と同じことを考えていた。だが、今のところこれはという答えは見つかっていない。ちらっと智之助の方を見たが、表情からすると彼にもわからないようだった。

「露風殿を助け出して聞いてみれば、何かわかるだろう。いずれにしても、今まで命を奪われていないというのは幸いではないか」

山際が言ってくれたので、その場は皆が頷いて終わった。

長平が言った通り、その夜は満月に近い月明かりで、例の蔵ははっきり見えた。長平と手下を加えて総勢七人になったお美羽たちは、二手に分かれて両隣の蔵の陰に入った。

「おい、あんた怖くねえのか。若い娘がこんなとこまで出張って」

どうしてもと付いて来たお美羽に、長平が言った。心配と言うより、困惑しているようだ。

「そりゃ、怖くないと言ったら嘘になりますけど」

お美羽は囁き声で答えた。ちょっと震えたのは、冷えてきたからだけではない。

「でも、今でもあの人はうちの店子です。見届けずには帰れません」

大家だからってそこまでするか、と長平は呆れたが、「勝手にしろ」と言い捨てて蔵の方に目を戻した。

蔵のこちら側に、黒い影が一つ。見張りの片割れだ。もう一人は見えないが、反対側にいる智之助や喜十郎、甚八には見えているはずだ。こちら側には、お美羽を守る役目を負っている山際と、長平とその手下がいた。

「土蔵の錠前の鍵は、あっち側の奴が持ってるのに間違いねえな」

長平が手下に確かめる。手下は、間違いありやせんとはっきり答えた。

「行くか」

長平が呟き、地面の石ころを摘んで放り投げた。土蔵の壁に石が当たり、小さな音を立てた。それが合図だった。

見張りの影が動いた。音を聞きつけて振り返ったようだ。その刹那、それっとばかりに長平が飛び出した。続いて、山際も。見張りが気付き、「何だッ」と叫び声を上げる。同時に反対側でも騒ぎが起きた。

十手を抜いた長平が「神妙にしろ！」と怒鳴った。が、一筋縄ではいかない奴のようだ。懐から出したものが、月明かりにきらっと光った。匕首を抜いたのだ。あっとお美羽が足を止める。

一瞬で山際が長平を追い越して前に出た。見張りと山際の影が重なった、と見えてすぐ、匕首が宙を飛び、見張りが頽(くずお)れた。山際が匕首を弾き飛ばして、当て身を食らわせたらしい。

ほとんど同時に、反対側からも物のぶつかる音と叫び声が聞こえた。やったな、と思った時、影が一つ飛び出した。手を上に振り上げている。

「ありやした。鍵です、鍵」

智之助の声だ。智之助はそのまま蔵の扉に駆け寄り、鍵を錠前に突っ込んだらしい。がちゃがちゃという金物の音が聞こえた。

錠前はすぐに開いた。錠前が投げ捨てられる音がして、智之助は一気に両開きの扉を開けた。中では蠟燭(ろうそく)が灯されていたのか、光が漏れ、智之助の姿が浮かび上がる。慌てるなという喜十郎の声が響いたが、智之助はそのまま中へ飛び込んだ。お美羽が思わず叫ぶ。

「気を付けて！　中にまだ一人いる」

山際がすぐさま開いた扉へ走った。中から何か叩きつけるような音がしたのに続き、山際が蔵に入った。「おい、大丈夫か」という山際の声が聞こえる。続いて、「大丈夫です。山際さんはそいつを」という智之助の声がした。良かった、皆、無事のようだ。お美羽は、すっかり強張っていた肩の力を抜き、握りしめていた拳を開いた。

山際が一人の男の襟首を摑み、引きずるようにして蔵から出て来た。そのままその男を地面に転がす。喜十郎が押さえつけ、縄をかけた。外の見張り二人は、既に長平と甚八が縛り上げていた。これでもう、危険はない。

「智之助さん、露風さんは」

お美羽は蔵の扉に走りながら、呼びかけた。それに応えるかの如く、一人を抱きかかえるようにして出て来る智之助の姿が、ぼんやりした灯りに浮かんだ。

「大丈夫、大丈夫です。先生は元気ですよ」

抱えていた相手をゆっくり地面に座らせ、智之助が言った。お美羽はその脇に膝をつき、顔を見た。げっそりやつれていたが、間違いなく又秀と称していた露風だった。

「露風さん、お怪我は」

露風は荒い息をつきながら、月明かりでもわかるような笑みを浮かべた。

「怪我はない。しかし名前はばれてしまったようですな」

「もう全部わかってます。だから安心して下さい」

全部、と聞いて露風が眉をひそめた。そこへ智之助が囁く。

「光悦茶碗の経緯も、ご存じです。濡れ衣だってことも、俺が話しました」

露風は目を見開いたが、すぐ「そうか」と呟いた。

「とにかく、助かった。ありがとう」

「なあに、不肖の弟子でしたが、少しは恩を返せたってことで」

智之助が言うと、露風は「そうだな」と笑みを浮かべた。

「これからは、間違っても不肖などと言えんな」

「いやいや、どこまで行っても不肖ですよ。さっぱりものにならなかったんだから」

「いつかその気になったら、やり直せばいいさ」

露風は言って、智之助の肩を叩いた。そこへ喜十郎と長平が近付いて来た。

「ええと露風さん、あんたにゃいろいろ聞かなきゃならねえ。番屋まで歩けるかい」

「うむ、まあ歩けなくはないが、閉じ込められている間に足腰が弱ってしまって」

駕籠か荷車でもありゃ良かったが、と長平が言ったが、無論、そんなものは用意していなかった。

「平気ですよ。俺がおぶっていきますから」

智之助が、任せろとばかりに言った。

「それなら、有難ぇ。そうだ、番屋にはお縄にした三人を留め置くから、そこに一緒ってわけにもいくめえ。俺の家へ泊まってくれ」

長平が言った。それは助かる、と露風も智之助も喜んだ。

「さあ先生、どうぞ」

智之助がしゃがんで、背中を向けた。露風は少し躊躇ってから、済まんな、と礼を言ってその背におぶさった。お美羽はかつての師弟のそんな様子を見て、涙が出そうになった。


遠いように見えるが、上大島から北森下町までは二十町ほどなので、木戸が閉まる前には家に帰れた。待っていた欽兵衛は相当に気を揉んだようだ。お美羽の顔を見るなり、大きく安堵の息を吐いた。

「あんまり遅いから、どうしたかと思ったよ」

「捕物が夜になっちゃったもんだから。でも、露風さんは無事に助け出せたわよ。今夜は上大島の親分のとこに泊まってる」

おう、そうかと欽兵衛は手を叩いた。

「山際さんも、大変でしたなあ。もう夜は冷えるし、お疲れでしょう」

「なあに、一番働いたのは智之助だ。何もかも、あの男のおかげと言っていい」

御謙遜を、と欽兵衛は笑う。

「少し暖まって行かれては」

一杯差し上げましょう、ということだが、山際はかぶりを振った。

「いや、お美羽さんも疲れただろうし、今日はこれで。千江も香奈江も、待っておるしな」

そうですかと欽兵衛が言ったところで、山際はお美羽に小声で言った。

「それに、少し考えてみたいこともある」

ああ、とお美羽は思い当たった。なぜ何もしないまま十日以上も露風を閉じ込めておいたのか、という謎についてだろう。

「わかりました。ではお休みなさいませ」

お美羽は礼を述べて山際を送り出した。それからどっと疲れが出て、座敷に座り込んだ。

露風は次の日の昼をだいぶ過ぎてから、駕籠で戻って来た。木戸の前で駕籠かきが駕籠を下ろすのに気付いたお美羽と長屋の連中は、中から露風が出て来たのを見て歓声を上げた。

「又秀さんじゃないか！　助け出されたって今朝、お美羽さんから聞いたけど、体は大丈夫なのかい」

　まず先に立ったお喜代が聞いた。露風は、うんうんと頷いてから、皆に向かって腰を折った。

「どうもご心配かけました。この通り、無事に帰って来られました。皆さんのおかげです」

「いや、俺たちっていうよりお美羽さんと山際さんだろう」

　栄吉が言い、皆がそうだねと声を上げた。

「でも、又秀さんを攫うなんて、どういうつもりなんだろうね」

　お喜代が、さっぱりわからんという風に首を傾げる。

「職のない又秀さんなんか、こう言っちゃ悪いけど一文にもならないだろ」

　又秀が露風であることは、まだ長屋の面々には言っていないし、それは露風にも伝えてある。いずれは話すことになるだろうが、今はまだその時ではない、とお美羽は思っていた。

「連れ去った奴らが何を考えていたのかは、まだわからない。お役人のお調べを待ちましょう」

お美羽はそれだけ言い、場を収めた。

「あの、大丈夫ですか。ここにいて、また狙われたりしませんか」

並の拐かしではないと何となく感じたのか、お糸が気遣わし気に言った。それには山際が答えた。

「心配要るまい。又秀を連れ去った奴はお縄になったからな。もし仲間が残っていたとしても、まさか長屋に押し入ろうとは思わないだろうし、同じようにもう一度連れ去るなどという危ない橋を、渡ろうとはすまいよ」

それもそうだな、と万太郎が言った。

「万一押し入って来たら、俺たちがただじゃおかねえ」

その腕っぷしでよく言うよ、とお喜代が嗤った。ちぇっ、と万太郎が膨れる。

「まあとにかく、又秀さんが湯屋とかへ出かけるときは、しばらく用心のため俺たちも一緒に行こう。三人四人と連れ立ってりゃ、幾らなんでも手出しはしねえだろう」

「その通りだね。みんな、よろしくお願いします」

おう、わかったと一同が声を揃えた。誰かが困ったとき、長屋はみんなが味方だ。

「じゃあ又秀さん、しばらくゆっくりして下さいね」

お美羽は微笑んでから、こっそり耳打ちした。

「床下のものは、そのままにしてありますからご安心を」

露風は一瞬ぎくっとしたが、すぐに「済みません」と礼を言って、自分の家に入った。取り敢えず、これで一安心だ。


それから半刻余り後、青木がやって来た。

「おうお美羽、昨夜はご苦労だったな」

丸投げしといてご苦労もないもんだけど、とお美羽は苦笑し、青木を座敷に通した。

「生憎、父は出かけておりまして」

露風が戻って安堵したのか、またご隠居のところへ将棋を指しに行ったのだ。別に構わん、と青木は言った。顔つきはいつも通り堅苦しいが、目を見ると上機嫌なのがわかる。

「朝一番で上大島へ出向いて、お縄にした三人を締め上げた。菊川の松蔵ってケチな野郎と、手下だ。金で雇われて、露風を攫ったらしい」

　やっぱり雇われたやくざ者か。

「誰に雇われたんですか」

「回向院の隅っこでとぐろを巻いてたら、声をかけられたそうだ。相手は頭巾を被ってて、顔はわからねえと」

　はあ？　とお美羽は眉間に皺を寄せる。

「そんな誰ともわからない人から、危ない仕事を請け負ったんですか。甘いと言うか、不用心にもほどがあるじゃないですか」

　頼む方も頼む方だ。そんな行き当たりばったりで、お縄になるような仕事を任せるなんて。

「小判の見せ金で、乗っちまったらしい。それに、相手は自分たちのことをよく知ってるようだった、と言ってやがる」

「ということは、そんな仕事を引き受けそうな奴が回向院にいる、って誰かに聞いて来たんですね。その誰かは、わからないのですか」

「まだわからん。松蔵たちを叩いても、思い当たる奴が何人もいて、何とも言えねえとさ」

それは困りましたね、とお美羽は眉を下げる。頼み人は行き当たりばったりどころか、相当用心深いようだ。

「だが、いい話もある。美濃屋を殺ったのは、松蔵だ。本当は露風みてぇに連れ去るはずが、思いのほか抗われて、揉み合ううちに頭を殴っちまった。当たり所が悪かったんで、美濃屋は気を失い、そのまま竪川に落ちて溺れた。奴ら、そう言ってる」

ああ、ほぼ青木の見立て通りだったのか。これで美濃屋殺しの下手人もお縄にできたことになる。なるほど青木の機嫌がいいわけだ。

「その言い分、お信じになりますか」

「頭の傷の具合からすると、言う通りでおかしくはねえ。どっちみち、殺しちまったのには違いねえから、獄門台送りだ」

それはそうだ。だが、美濃屋殺しについてこれで解決、とはならない。

「松蔵とかいう人は、美濃屋さんを攫うよう同じ人に頼まれたんですか」

「ああ。美濃屋の方が先だ。しくじって殺しちまったんで、次に露風を攫うよう言われたとき、断りようがなかったそうだ」

「美濃屋さんを攫って、どうするつもりだったんでしょう」

「松蔵は、ただ攫ってあの蔵へ連れて来い、と言われただけだ。だが、露風が身を隠す段取りは、美濃屋がやってたんだろ。だったら推測がつくじゃねえか」

はい、とお美羽は頷く。

「美濃屋さんを脅して、露風さんの居所を吐かせるつもりだったんですね」

そういうこった、と青木は言った。そこで急に難しい顔になり、腕組みをする。

「だが、わからねえのはここから先だ。露風を攫ったはいいが、十二日も閉じ込めておくだけで何もしなかった。いったいどういうつもりだ」

それは、お美羽も山際も長平も、皆が首を捻っている話だった。昨夜、考えると言っていた山際は、何か答えを見つけただろうか。

「それともう一つ。松蔵の頼み人は、美濃屋から何も聞き出せなかった。じゃあそいつはどうやって、露風がこの長屋にいることを知ったんだ」

十三

暮れ六ツを過ぎて、お美羽は里芋と焼椎茸と飯と味噌汁を膳に載せ、縁先から長屋の方に出て露風の家に行った。夕餉を支度するついでに、露風の分も用意したのだ。障子の前に立ち、両手が塞がっているので行儀は悪いが足で障子を叩く。

「露風……又秀さん、ちょっと開けて下さいな」

露風はすぐに顔を出し、膳を見て目を細めた。

「ご気分如何ですか。夕餉を持って来ましたよ」

「おお、これは美味しそうだ。ありがとうございます。助かります」

露風は喜んで、お美羽を家に入れた。

「本当に、このたびはご厄介をおかけしました。お美羽さんにはお礼の申しようもありません」

露風は膳を前に、改めて丁重に礼を言った。

「いえいえ、ほとんど智之助さんのお手柄です。あの蔵を見つけたのも智之助さんですから」

「ああ、智之助が見つけた。なるほど、そうですか」

露風はさして驚きはしなかった。そういうこともできる男、と承知していたのだろう。

「日銭稼ぎのその日暮らし、と言っていましたが」

「そうなんです。決まった仕事が早く見つかればいいんですけど」

「ええ。そうなればよろしいですね」

露風は意外と淡泊に言った。どうもまだ、本来の姿に戻り切っていないようだ。無理もあるまい。

「さあ、どうぞ召し上がって下さい」

はい、と露風は恐縮したようにそっと箸を出した。里芋を口に運ぶ。噛みしめると、その頬が緩んだ。

「美味しい。お美羽さんは料理もお上手だ」

ただの煮物をそんなに褒めなくても、とお美羽は少し照れる。露風なら、詐欺に巻き込まれる前は立派な懐石も口にしていたろうに。

「あの、食べながらで結構ですけど、少しお話ししても」

露風は箸を止めて顔を上げ、ええどうぞと言った。

「あなたを閉じ込めていた連中は、その間何も言わなかったのですか」

はい、と露風は飯茶碗を置く。

「私も、何か喋らせるつもりなのかと思いました。と言っても何も知りませんし、あの連中が何を求めているのかもわかりませんでしたが」

何も聞こうとしなかったんですね、とお美羽は念を押した。

「はい、何一つ。これはどういうことなんでしょうか」

どういうこと、と言われても、それが知りたくて聞いてみたのだが。

「正直、ただ閉じ込められていただけで、意味がわかりません」

「あの三人のやくざ者以外、誰も蔵へは来なかったのですか」

「来ませんでした。ただ、代わる代わる出かけていた様子もありましたから、誰かに繫ぎを取っていたのかもしれません」

頼み人から指図を受けるとしても、他所でだったのだろう。やはり用心深い。

「指図してるのが誰かとか、金払いが悪いとか、いつまでこうしてるんだという愚痴とか、そんなものも聞こえませんでしたか」

「はい。余計な話は、私に聞こえないように離れてしていたんでしょう。でも……」

露風は記憶を引き出そうとしてか、しばし天井を見上げた。

「そうだ。一度だけ、不満のようなことを漏らしました。閉じ込められて十日目くらいです」

お美羽は「えっ」と身を乗り出した。

「どんな不満です」

「ええ、確か、あいつはまだ見つからねえのか、と、そんな文句だったと。外に居た二人が言ったんです」

「あいつ？　誰のことかわかりませんか」

「見当もつきません。ただ、言葉の調子からすると仲間ではないようでした」

「そのこと、お役人には」

「まだ言ってません。今朝はまだ頭がはっきりしていませんで、お美羽さんに言われて思い出したのです」

「わかりました。よく覚えておいでででした」

それ以上露風の頭を悩ませては気の毒なので、お美羽は、どうぞごゆっくりと言って家に戻った。

座敷に座ったお美羽は、欽兵衛がどうだったと尋ねるのにも答えず、考え込んだ。あの野郎、か。奴らは、露風以外にも誰かを捜していたのだ。これは青木に話して捕らえた松蔵たちを締め上げれば、わかるだろう。

翌朝、お美羽は早々に八丁堀へ足を運び、露風から聞いたことを青木に話した。

「何、あいつらもう一人捕まえようとしていたのか」

青木は目を怒らせ、露風の奴、何で俺が聞いたときに思い出さねえんだ、とぶつぶつ言いながら、上大島へ急いだ。松蔵たちは、まだ調べの途中なので番屋に押し込められている。

青木に続いて番屋に入ろうとすると、止められた。

「お前は入って来るな。気になるなら、どっかで待ってろ」

捕らえた連中を痛めつけるところを、見せたくないのだろう。お美羽はおとなしく引き下がり、居場所を探した。幸い、番屋が見える場所にある飯屋が店を開けるところだったので、頼み込んで茶漬け一杯と引き換えに、しばらく居させてもらうことにする。

半刻余りも待ったかと思う頃、青木が出て来た。お美羽は飯屋の主人に礼を言って、すぐに青木の傍に寄った。

青木の機嫌は、良くなかった。

「松蔵も手下も、どうも知らねえようだ」

「露風さんが聞いた、あいつのことですか。知らないってことは、松蔵たちが捜していたわけじゃないんですね」

「そうだ。奴らは頼み人から、もう一人捜し出さないといけない奴がいる、そいつが見つかってから露風をどうするか改めて指図する、それまで露風を閉じ込めとけ、と、そう言われてたんだとよ」

つまり頼み人の男は、松蔵たちとは別に「あいつ」を捜すための人を雇っていたわけだ。

「松蔵はそのもう一人が何者か、詮索しなかったんですね」

「したところで、奴のお粗末な頭じゃまずわかるめえ」

青木はせせら笑った。

「でも、これで露風さんが十二日も、何もないまままだ閉じ込められてた理由がわかりましたね」

お美羽が明るく言うと、青木はまた不機嫌な顔になった。

「ああ。だが、その捜してた相手が何者なのか、なぜそいつが見つかるまで露風の始末を待たなきゃならなかったのか、その辺はさっぱりだ」

言われてお美羽も嘆息する。謎は却って深まってしまっていた。


入舟長屋に戻ったお美羽は、山際が手習いから戻るのを待って、この話を告げた。

「ふむ。もう一人の誰か、か。それは鍵になりそうだが」

山際はそんな風に言ったものの、答えは思い当たらないようだ。しばらく考え込んでから、お美羽に苦笑らしきものを向けた。

「一人で考えていても、堂々巡りだな。まあそれは、青木さんも似たようなものだろう。お美羽さん、今晩何か用事はあるか」

「いえ、特には」

「なら、どうだ。三人寄れば文殊の知恵、ではないが、青木さんを誘って一緒に飲みながら考えてみるというのは」

「それはいいかもしれませんね」

青木もだいぶ苛ついていたから、頭をほぐしてもらうのはいいだろう。お美羽は家に戻って欽兵衛に断り、青木を呼びに行った。


その晩、三人は、寿々屋にほど近い相生町の料理屋で顔を揃えた。寿々屋の番頭、宇兵衛が商いの客の相手をするため、時々使っている店だ。

運ばれて来た膳を前にしても、青木はまだ気分が上向かないようだった。

「青木さん、そう堅苦しい格好をするな。まずは一献」

山際が銚子を差し出すと、青木は無言で盃を取り上げた。

「まったく、面白くねえ」

青木は注がれた酒を一気に干すと、吐き出すように言った。お美羽が急いで注ぎ足してやると、それも一口で飲んだ。山際が、やれやれと笑う。

「せっかくお美羽さんみたいな美人が酌をしてくれているのに、そんな顔はないだろう」

「人の気も知らねえで、何を言いやがる。こっちは手詰まりなんだぞ」

青木はここぞとばかりに、苛立ちをぶちまける様子だ。

「美濃屋殺しをひとまず片付けたはいいが、例の茶碗の詐欺と紐づけようとしてるのを感付かれて、吟味与力に嫌味を言われた。終わった話を蒸し返すほど暇なら、幾らでも新しい一件はあるぞ、ってな」

それはそれは。

「青木様も、何かと大変ですねえ」

同情したのに、揶揄されたとでも感じたか、青木が睨んできた。お美羽は首を竦める。

「とにかく、蒸し返しと言わせねえためには、何か新しいことを見つけなきゃならねえ。露風の聞いたことが、鍵になるはずだとは思ってるが」

青木は山際と同じことを言った。お美羽も同感で、露風の濡れ衣を晴らすにはそこを乗り越えないといけない。後で智之助にも話して、知恵を借りなくては。

「それなんだがね」

また青木の盃を満たしながら、山際が言う。

「詐欺のことに蓋をする前、露風殿以外に調べた相手はいないのか」

「ああ、いねえ。露風のことを調べ始めてすぐ、待ったがかかっちまった」

「仲立ちをした山城屋さんに話を持ち込んだ小倉屋さんには、何も聞けてないんですよね」

小倉屋を摑まえる機会はなかったはずだが、念のため聞いた。

「ああ。他に話を聞いたのは、伏見屋を始め偽茶碗を買った連中だけだ。無論、お大名を除いてな」

小倉屋は京に帰ったはずが、どっかへ消えちまってるらしいから、もう話を聞こうにも聞けねえ、と腹立たし気に青木は続けた。

「そうですかぁ」

お美羽はがっかりして、一杯だけ手酌で飲んだ。それを見た山際が、これは気が付かなくて済まんと言って、次の一杯を注いでくれた。有難く頂戴する。

「小倉屋は、一人で来たのかな」

山際が飲みながら呟くように言った。青木が聞きとがめる。

「うん？　一人ならどうだってんだ」

「いや、番頭か手代が一緒だったんじゃないかと思ってな。だったらその連中の方を捜せないかと」

あ、とお美羽は膝を打つ。

「もしかして、松蔵たちが口にしたという『あいつ』とは、小倉屋の番頭？」

「それも考えられる、と思ってな」

山際は期待するように笑みを浮かべ、青木を見た。だが、青木はかぶりを振った。

「いいや。小倉屋が泊まっていた宿はわかっているが、そこで確かめたら一人だったそうだ」

「ふうん、一人か」

鸚鵡返しのように山際が呟いた。青木は、その様子を訝しく感じたようだ。

「何だよ。一人じゃ不都合みたいに言うんだな」

いやなに、と山際は肩を竦めた。

「茶碗は一つずつ、立派な箱に納まっていたわけだろう。それを五つも一人で、京から江戸まで運ぶのは大変だったんじゃないかと思ったんだが」

「行商なら、もっと大きな荷物を担いで旅をする奴がいるんだ。別におかしくは……」

青木は、言いかけてやめた。口に運びかけていた盃が、宙で止まる。

「持ってたってことは、確かめてねえ……」

うん？　と山際は眉根を寄せる。

「どういう意味かな、今のは」

青木は、盃を置いた。少しは緩んでいた表情が、再び強張り始めている。

「小倉屋が泊まってた宿は、目明し連中を使って捜させた。その時、一緒に仲間がいなかったかどうかも確かめさせた。だが、荷物がどうだったかまでは聞いてねえんだ」

おや、とお美羽の頭にも疑念が湧いて来た。偽物はてっきり、小倉屋が用意して江戸に持ち込んだと思っていたのだが……。

「青木様、そもそも件の偽茶碗、誰が作ったんでしょうか」

「生憎だが、わからねえ」

青木は当惑したように答えた。

「そいつを調べる前に、蓋をされたんでな」

「でも改めて考えてみると」

お美羽は首を捻りながら言った。

「目の肥えた方々が、ちょっと見では光悦の本物と疑わないほど、いい出来だったわけですよね。それほどの品、どこでも誰でも作れるってことはないでしょう」

「それはそうだ。相当な腕のある職人でないと、無理だな」

山際がすぐに賛同した。

「小倉屋は、呉服屋だ。焼物の職人に伝手なんかあるかな」

どうだね、と山際は青木に水を向ける。「いや」と青木はかぶりを振った。

「京の話なんで、何とも言えんところはあるが、普通はねえだろうな」

「それじゃあ」

お美羽はあちこち考えを彷徨(さまよ)わせながら、口にする。

「詐欺を企んだ頭目が、焼物の職人を知っていて、そいつに偽の光悦を作らせた。それは京ではなく、江戸での話だったかもしれませんね」

「あり得るな。それなら小倉屋は長い道のり、偽茶碗を運ぶ必要がない」

山際が、なるほどとばかりに頷く。

「その頭目が、露風を閉じ込めさせた奴だって言うつもりか」

青木が言った。それは問いかけではなく、念を押しているように聞こえた。

「そう考えるべきだろう」

山際が、当然のように答えた。そこでお美羽は、もう一つ思い付いた。

「あの、その焼物職人ですけど、贋作と承知で引き受けたんでしょうか」

「いや、そりゃわからねえだろう」

何が言いたいんだ、と青木が鋭い目を向ける。

「もし知らずに作っていたら、詐欺の片棒を担がされたと気付いたとき、どうするでしょう」

「そりゃあ、恐れながらと訴え出る。いや、そうでもねえか。自分もお縄になっちまうと思うだろうな。とすると、逃げるか。頭目に知られると、口を塞がれるかもしれねえし……」

言いかけた青木が、目を見開いた。

「そいつ、実際に身を隠した？　露風を攫った奴が捜してるもう一人ってぇのは、それか？」

青木は膳をひっくり返しそうな勢いで畳を叩いた。

「畜生め、何てこった。俺としたことが」

やにわに青木は、置いてあった大小を引っ掴んで立ち上がった。驚いた山際が尋ねる。

「何だ、青木さん。どうしたんだ」

「宿へ行く。小倉屋のことを、もう一度確かめるんだ」

足音荒く部屋を出ようとした青木は、さっと振り返ると「一緒に来てくれ」と言った。お美羽と山際は、慌てて席を蹴った。

その宿は中乃屋（なかのや）と言い、旅人宿、公事宿（くじやど）が数十軒集まった馬喰町（ばくろちょう）のすぐ隣、横山町（よこやまちょう）にあった。部屋数十四の中くらいの宿で、格も中くらい、というところだ。

ちょうど泊まり客に供した夕餉の片付けが済んだ頃で、帳場で一息ついていた主人は、いきなり暖簾を分けてずかずかと踏み込んだ青木を見て、飛び上がった。

「こ、これは八丁堀のお役人様。こんな時分に、何事でございますか」

青木はお美羽と山際を従え、主人を見下ろして言う。

「去年の秋頃の話だ。ここに泊まった京の小倉屋ってぇ奴のことを聞きてぇ」

あまりに唐突だったか、主人が目を瞬いた。

「去年のことで？　ま、まあとにかく、奥へどうぞ」

主人は慌ただしく立ち上がって、三人を空いている客間に案内した。

「小倉屋さん、というお方ですね。去年の秋頃、と」

忠兵衛と名乗った主人は、座敷に座ると少し落ち着いたようで、携えてきた宿帳を繰った。

「はい、ございました。神無月の二日から、十日ほどお泊まりでしたね」

「泊まったことは去年のうちに目明しが確かめてる。今聞きてぇのは、そいつの荷物だ」

「は？　荷物でございますか」

忠兵衛は再び宿帳に目を落とした。

「特に何も書いてございませんね。少なくとも、預かり物はなかったようです」

「大きな荷物を持っていた場合、そこに注釈が書かれているのか」

山際が尋ねた。忠兵衛は宿帳の欄外の書き込みを確かめる。

「はい、何か特に気遣わねばならぬとか、怪し気な節があるとか、そのようなときは忘れぬよう書き込んでおきます。何か特別なお荷物をお持ちの場合も、書き込みを残しますが、ここには書いてございません。ということは、ごく普通の旅の商いのお荷物であったのでしょう」

どこまでが普通かわからないので、五つの茶碗の箱を持っていたかどうか、これでは判別がつかない。

「見せてみろ」

青木が求めると、忠兵衛は文句も言わず宿帳を寄越した。お美羽も覗き込む。小倉屋功吉（こうきち）という名が、確かに記されていた。よく見ると、欄外に書き込みが入っている。が、宿の符牒（ふちょう）のような書き方で、読み取れない。

「何だ。書き込みがあるじゃねえか。何か特別なことがあったのか」

青木が宿帳を指で叩くと、忠兵衛はそこをちらっと見てすぐに答えた。

「ああ、それは前回と違って今度は特に何もなし、という意味で記しております」

何だそれだけか、と落胆しかけたお美羽は、はっと気付いてすぐさま口を出した。

「待って下さい。前回、とおっしゃいましたね。小倉屋さんは、前にもここに泊まっていたのですか。しかもその時は、特別なことがあったと」

「あの、こちらは女親分さんですか」

急に迫ってきたお美羽に驚いたらしく、忠兵衛が聞いた。女親分？　お美羽は絶句する。

「いや、そういうんじゃねえが、気にするな」

青木はお美羽に控えろと手で示して、咳払いした。

「で、前回とは」

「はい、少々お待ちを」

忠兵衛は返された宿帳を再び繰り、目当てのものを見つけ出した。

「水無月に一度、お越しになっています。四日ほどお泊まりですな」

水無月というと、四月前か。

「一度、と言われましたが、それまでに何度もお泊まりではなかったのですね」

「はい、水無月と神無月に来られただけです」

ならば常の商いに来たわけではあるまい。

「書き込みによりますと、何かひどく大事なお荷物をお持ちだったようで。女中がお持ちしようとしましたら、大層お怒りで、大事なものだから決して手を触れるなと。そんなに大事な品なら、蔵にお預かりしましょうかと申しましたが、断られました」

「どんな品だったか、わかるか」

「ええと、風呂敷に包んだ桐箱、となっております。骨董か何か、そんな類いのものではないでしょうか」

山際と青木は、目を見交わした。青木がもう一度確かめる。

「神無月に来たときは、そういうものは持っていなかったんだな」

「左様で。もし同じようなものをお持ちでしたら、気を遣うよう書き込みをしているはずです」

「そうか、わかった。もしまた小倉屋が現れたら、すぐに奉行所に知らせろ」

聞きたいことは聞けた、と青木はお美羽と山際を促し、座を立った。

「承知いたしました」

忠兵衛が畏まって平伏する。

「あの、この小倉屋というお人、何をなすったんでしょうか」

盗賊か何かだったら大変と思ったのだろう。懸念を顔に出す忠兵衛に、凶悪な奴じゃねえから安心しろ、と青木は告げて、人通りも減ってきた夜更けの通りへ出た。

少し歩くと、馬喰町の番屋の灯が見えた。青木はそこを顎で示した。少し話そう、ということだ。お美羽と山際は承知し、青木に従って番屋に入った。

上がり框に腰を下ろした青木は、茶を淹れて来いと木戸番を遠ざけてから、お美羽と山際にも座るように言った。二人は青木を挟むように腰掛けた。

「さてと。だいぶ話が見えてきたな」

まず山際が口火を切った。

「小倉屋は神無月に来たときは、茶碗を持っていなかった。持っていれば、水無月と同様の注意を払うよう、宿帳に書き込みがされていたはずだ」

「やはり贋作は、江戸で作られたと見て間違いなさそうですね」

お美羽が言うと、青木も無論だとばかりに頷いた。

「水無月に持って来た大事な桐箱については、どう見る」

青木が問うたが、答えはもうわかっているという口ぶりだ。山際が応じた。

「贋作を作るにしても、光悦の茶碗を見たことがなければ、難しいだろう。口伝や絵図だけで本物と見まがうものを作るのは、どれほど腕のいい職人でも無理だ」

「水無月に持って来たのは、見本だったんですね。それを職人に見せ、神無月まで四月かけて偽の茶碗をを作ったんでしょう。でも、そうすると……」

お美羽は終いまで言わずに青木の顔を見る。青木はそれを解して、ひと言加えた。

「見本にしたのは、本物だったんだろう」

それでもう後はわかるな、と言うように、青木は薄笑いを浮かべた。

「次はその職人だな」

山際が言った。

「肥前の伊万里や尾州の瀬戸ではないんだ。江戸の周りに焼物の窯は、そう多くはないだろう。その中で光悦の贋作を作れるほど腕の立つ職人は、限られているはずだ」

そいつを見つければ、企みの全貌も首謀者もわかるに違いない。だが青木は、楽観できないという顔をした。

「俺たちの読みが正しけりゃ、そいつは姿をくらましていて、詐欺の親玉が捜し回っても見つからねえんだ。どこを当たりゃいいかも、わからん」

うむ、と山際も顔を曇らせた。

「職人の名前と素性だけでもわかれば、立ち回り先や手を貸しそうな者の見当もつくだろうが」

「だがな。職人の身元を承知してるはずの親玉でも、これだけ手こずってんだぜ。俺たちも同じ羽目にならないか」

青木に言われて、山際は唸った。

「じゃあ、どう進めるか」

山際が呟いたところで、お美羽はそっと手を上げた。

「あの、まずはあそこに聞いてみたら、と思うんですけど」

十四

次の朝、店を開けてすぐに入って来たお美羽たちを見て、美濃屋の番頭の治三郎は驚きを顔に出した。

「おや、お美羽さん。八丁堀のお役人様も。いったい何事でしょう」

「早くに済みません。ちょっと教えていただきたいことがございまして」

治三郎は首を傾げ、主人を呼びますのでと告げてお美羽と青木を奥に通した。山際は手習いの仕事があるので、万事お美羽に任せると言って、この場には来ていない。山際はお美羽が無理に手伝いに引っ張り込んだのだから、当然だった。

奥座敷に並んで座った青木とお美羽は、店を継いだ若旦那、庄八郎の挨拶を受けた。来月には何代目かの庄治郎を襲名し、正式に披露するそうだ。

「お美羽さんは、お役人のお手伝いまでなさっているのですか。驚きました」

皮肉ではなく、庄八郎は本当に感心したようだ。お美羽も、何だか本当に青木の配下で岡っ引きを務めている気分になってきた。昨夜中乃家で、女親分かと言われたことが甦る。

「いえその、大家としての務めを果たしているだけです」

説得力弱っ、と自分でも思ったが。庄八郎は素直に得心してくれたようだ。

「それで本日は、どのようなお話で」

「はい。美濃屋さんでは、焼物の仕入れはどのように。職人の方から直に買い付けられていますか」

「はあ、問屋を通すのと、直に窯元から買うのとが半々です」

どうしてそんなことを、と訝るように、庄八郎は答えた。

「その窯元さんは、江戸の近傍ですか」

「はい。遠国の産地からは、問屋を通じております」

「江戸近傍の窯元さんは、だいたいご存じなのですか」

「そうですね。大方は知っているつもりですが」

そこまで確かめると、青木が聞いた。

「その窯元の中で、一番腕の立つのは誰だ」

はて、と庄八郎は首を傾げ、傍らの治三郎の方を向いた。

「番頭さん、どうかな。太吉郎さんか、盤渓さんか、久乃源さんか……」

「そうですなァ。腕が立つといっても得意なものが違いまして、どういった人をお捜しでしょう」

治三郎は、青木が職人に何か作らせるのかと思ったようだ。青木はほんの少し間を取って、お美羽が驚くほどはっきりと言った。

「本阿弥光悦の贋作を作れるほどの奴だ」

治三郎は全て察したようで、目を見開いて固まった。一方庄八郎の方は、去年のことを知らないのか、正直だった。

「それなら、樂焼を得意とする人ですね。久乃源さんでしょう」

「どこに住んでるんだ」

「荏原郡世田谷の、烏山村でございます」

「この店以外にも、出入りしてるのか」

「はい、四、五軒ほどは。ですが、しばらく姿を見ておりませんね」

しばらく見えない、と聞いたお美羽は、そこに飛び付く。

「いつから見えなくなったんですか」

どうだい、と庄八郎は治三郎に問う。

「半年ほど前から、顔を出さなくなっています。同業の肥前屋さんに一度聞いたんですが、やはり半年前から来ていないと」

半年前か。露風が身を隠したのも、その頃だったろうか。後で露風に確かめよう。

「半年前に何があったか、聞いておられませんか」

ふうむ、と治三郎はしばらく考え込んでから、言った。

「たぶん、最後に会われたのは肥前屋さんでしょう。何かご存じかも」

肥前屋は、岩本町（いわもとちょう）にある店だそうだ。青木はこの後すぐ、行くつもりだろう。

「わかった。あと一つ聞くが」

青木が、重々しい調子で言った。

「久乃源は、庭田露風と付き合いがあったのか」

庄八郎は、ほとんど迷いなく答えた。

「ええ、お知り合いのはずです」

思った通り、青木はお美羽に付き合わせたまま、その足で岩本町に向かった。

「久乃源さんですか。はい、よく存じております。なかなかの腕で、ことに樂焼がいい。妙味のあるものを作られます」

久乃源を知っているかとの問いに、肥前屋はそう答えた。言い方からすると、久乃源をだいぶ高く買っているようだ。

「このところ姿が見えねえってことだが、最後に会ったのはいつだ」

「半年前でございます。確かにそれ以来、お顔を見ませんね」

肥前屋はちょっと首を傾げる。

「その時、どんな話をしたか覚えてるか」

「ああ、覚えております」

意外にも、肥前屋は言い切った。

「黒樂の茶碗を持って来られました。これも大層いい出来具合だったのですが、黒樂だったのでつい思い出し、去年の秋にこういう黒樂で、本阿弥光悦の贋作が出たという噂があって、という話をしたんです。贋作は四つか五つ売られたらしいと言ったら、久乃源さん、とんでもない奴がいるもんだって、顔を強張らせました。それから急に、次の用事があるんで、とお帰りに。いつもは半刻も世間話をしていかれるんですが、その時は違ったもので、覚えているんです」

そうだったのか。黙って聞いていたお美羽は、事情を悟った。久乃源は肥前屋の話を聞いて、自分が騙されて贋作を作らされたことに気付いたのだ。

「やあお美羽さん、朝からお出かけだったのかい」

入舟長屋の木戸を入ると、菊造と出くわした。やっぱり今日も、真っ昼間だというのに顔が赤い。また仕事もしないで一杯引っ掛けたようだ。だが、今は相手をしている暇はなかった。

「どうしたんだ。やけに難しい顔をしてるなあ」

別嬪(べっぴん)が台無しだよ、と軽口を叩く菊造を突き放すようにして、聞いた。

「又秀さんは、家にいるね」

「ああ、いるよ。昨夜は又秀さんと俺と栄吉と和助と万太郎と、五人で湯屋に行ったんだ。また何かあっちゃいけねえからな」

腕っぷしについては、あまり頼りにならない奴と、全然頼りにならない奴の組み合わせだ。でもそれだけ数がいれば、露風は安心だったろう。

わかった、ありがとうと言って菊造に背を向け、お美羽は露風のところに行った。

「又秀さん、いいですか」

菊造が見ているので、露風の名を出さないよう気を付ける。声を聞いて、露風が障子を開けた。湯に行ったおかげで、昨日よりさっぱりして見える。

「お美羽さん、ご用ですかな」

「もうだいぶ落ち着かれましたか」

露風は明るい笑みを浮かべた。

「おかげさまで、だいぶ。やはり湯はいいですな。百薬に勝る」

良かったですね、と微笑み返してから、お美羽は真顔になって声を低めた。

「大番屋までお越し下さい。青木様がお待ちです」

露風は一瞬の間を置いてから、「承知しました」と頷いた。


足腰がまだ本調子でない露風のために、駕籠を呼んでやった。菊造とおかみさんたちがその様子を見て、出陣でもするかのように「頑張ってよ」と声をかけた。ありがとうと応える露風を見て、ある意味出陣に近いのかも、とお美羽は思った。

大番屋に着くと、すぐに小者が座敷の一つに案内した。八畳ほどの部屋で、青木が一人で座っていた。

「お連れいたしました」

お美羽は露風を真ん中に座らせ、後ろに控えて畳に手をついた。

「ご苦労だった」

青木はさらに、もう帰っていいぞと言いかけたようだが、お美羽の顔つきを見て口を閉じ、軽く溜息をついてから露風に向き直った。

「具合はどうです」

露風は、お気遣い恐れ入りますと一礼した。

「おかげさまで、ほぼ元通りです」

そいつは良かった、と応じてから、青木は露風の目をまともに見据えた。露風は目を逸らすことなく、神妙にしている。

「今度の拐かしだが、こいつは去年の光悦茶碗に関する詐欺の一件に深く関わってる。それはあんたも、重々ご承知でしょう」

青木はそんな風に話を始めた。露風は「承知いたしております」と明瞭に答えた。

「知っての通り、訴えが出ねえので一度は蓋をされた一件だ。だがこうなると、もう一度やり直さざるを得ねえ。一からあんたの話を聞きたい。いいですな」

露風も予めそのつもりで来たようだ。何なりと、と返した。

「ではまず、経緯を聞こう。あんたのところに、光悦茶碗が持ち込まれたところからだ。持ち込んだのは、小倉屋か」

「左様でございます。面識はなかったのですが、京の知り合いの茶人の文と、お名前は存じている上洞院様の文を持って来られたので、信用してしまいました」

露風は肩を落とした。

「迂闊でした。まさかあのようなことになろうとは」


それから半刻かけて、露風はあの詐欺で自分がどう動き、どう利用されたかを全て話した。それは青木やお美羽が推測したことと、ほぼ同様であった。

「偽茶碗の一件については、これで終いでございます」

露風が締めくくると、青木はちらりとお美羽を見た。何か言うことがあるか、という様子だったが、答える前に目を戻した。ここではお美羽は何か言う立場ではない、と思い出したのだろう。

青木は改めて露風に聞いた。

「あんたが身を隠す気になったのは、いつのことです」

「この葉月の初めの頃です。風評のおかげで茶の湯ができなくなり、蓄えも底をついてまいりましたので、どこかへ人知れず隠れ住もうと、美濃屋さんに相談したのです」

久乃源が姿をくらましてから、二月以上も後だ。やはり、互いに示し合わせたのではなかったのだ。

「どこへ隠れたんですか」

「美濃屋さんのご友人が、堀切村に庵をお持ちでした。そこへ美濃屋さんからお願いして、住まわせてもらったのです」

「入舟長屋に移ったのは、どうしてです」

「二月ほど前、美濃屋さんが庵に来られまして。自分の周りで私を捜し回っている怪し気な奴がいる、と。詐欺の一味なら、私の身に危険があるかもしれないと言われ、目立たぬ長屋に入れるよう手配りする、とおっしゃいまして。何日か後で、段取りができたと呼ばれ、幸右衛門さんに引き合わされたのです」

なのに美濃屋さんご自身はあんなことに、と露風は頭を垂れた。その責めは自身にある、と充分に承知しているのだ。

「美濃屋の葬儀に行かなかったのは、その怪し気な奴らに見つかるのを恐れたからだな」

「左様です。誠に心苦しかったのですが」

露風は辛そうに俯いたまま言ったが、それは仕方ないことだろう。

「それにしても、どうして畳屋なんかに……」

つい、口を出してしまった。青木が眉を逆立てる。

「おい、ここをどこだと思っている。お前が喋る場じゃねえぞ」

厳しく言われ、お美羽はさっと頭を畳に付けた。

「申し訳ございません、つい」

とは詫びたものの、そうっと顔を上げて言ってみる。

「でも、青木様もお聞きになりたいのでは」

青木は眉を吊り上げたが、舌打ちして露風に言った。

「どうなんです」

「あ、いや、それは」

露風は恥ずかしそうに言った。

「茶のこと以外で多少なりとも知っていたのは、畳のことくらいで。家に出入りしていた畳屋さんが、畳を縫うところを見て、いろいろ聞いたことがあるのです。それを覚えていたんですが、何しろ上辺だけだったもので、すっかり見破られてしまいました」

露風はお美羽の方を向いて、申し訳ありませんと赤面した。

「又秀というお名前は、思い付きですか」

また嘴を挟んだ。慌てて青木の顔色を窺う。青木は忌々しそうにお美羽を睨んだが、ぷいと横を向いた。勝手にしやがれ、ということのようだ。お美羽はこっそり舌を出した。

「その畳屋さんは、又五郎というんです。あと、懇意の茶問屋の番頭さんが、秀之助さんといいまして、一字ずつもらうことにしました」

何だ、それだけか。聞くほどのことはなかった。

「あの、奥様にその、逃げられたというお話は……」

露風は決まり悪そうに頭を掻いた。

「それらしくするための、出まかせです。私は、ずっと独り者です」

おやおや、そうでしたか。ここで青木が、大きく咳払いした。

「で、露風さん。美濃屋の周りを嗅ぎ回る奴が現れたのは、二月前だと言いましたね。そこから拐かしに至ったわけだが、一年前には、あんたを攫おうとか始末しようとか、そんな動きはなかったはずだ。どうして今さら。何か思い当たりませんか」

それは確かに、大きな疑問だった。詐欺一味が新たに動くような理由が、何かあったはずだ。が、お美羽にはさっぱり見当がついていない。

だが、露風には考えがあるようだった。少し逡巡してから、「はい」と答えた。

「あくまで想像でしかありませんが」

そう前置きしてから、露風は言った。

「お大名が絡んでいるのではないかと」

青木が目を見張る。

「それは、あの茶碗を買ったお大名のことですか」

そうです、と露風は頷きを返した。

「私は大名家には出入りは叶いませんが、お旗本には、御大身でもお目通りいただだいている方がございます。その経験から申しますに、お旗本であれお大名であれ、お殿様というのは些事に関わることはない。詐欺が行われたというのは下世話なことですし、買った茶碗がそれに関わっていたとしたら、お殿様の耳になど決して入れますまい」

「まあ……それはそうでしょうな」

青木は、この話はどこへ行くんだと怪訝な顔をした。

「でも、光悦の茶碗です。お家の金を使ってそういうものを買うことは、お殿様のお許しかお指図がないと、できないでしょう」

「それもまあ、その通りかと」

「そこで、です。お殿様は、光悦の茶碗を買ったとは知っているが、それが贋作騒ぎに関わったとは知らない。それでも、蔵の奥にしまわれたままなら、どうということはない。ところがある日、ふと思い付いて茶席にその茶碗を出す、とお殿様が言い出されたらどうなるでしょう。もしそのお客が、公方様や御老中であれば?」

「そりゃあ、御近習方は色を失い、大騒ぎになるでしょうな」

「はい。そんな席に贋作を出したとなれば、切腹ものの大失態です。贋作を買ったと今になってお殿様に知れても、やはり大ごとです。何としても詳しく事情を調べようとするのではありませんか」

ああ、とお美羽は手を叩いた。

「それでお大名家の方々が、今頃慌てふためいて詐欺のことを探り始めた。親玉は困ったでしょう。一旦は蓋をされて安心していたのが、また表に出るかもしれない。しかも相手が悪い。証しになるものは消し、改めて全ては露風さんの罪として終わらせないといけない。そのためには……」

そうだ、と青木も認め、代わって後を続けた。

「久乃源と露風さん、この二人の口を塞がなきゃならねえ。それには、大名家の手が伸びるのを恐れた露風さんが久乃源を殺して逃げた、とするのが一番好都合だ」

「だから久乃源さんより先に、露風さんを始末することは拙かったんですね」

久乃源殺しの場に露風の仕業だという証拠を残す。それから露風を何かの災難に遭ったように見せかけて始末し、罪を全て着せる。順番が逆だと辻褄が合わない。

「だが露風さん、危なかったな。もうちょっと見つけるのが遅れていたら、始末されちまってたかもしれませんぜ」

青木が言うのを聞いて、露風はぎょっとした顔になる。

「それは……」

「奴らだって、いつまでもあんたを閉じ込めておけるわけじゃねえ。久乃源が当分見つからねえと見切ったら、あんたを片付けて誰にもわからねえよう埋めちまっただろう。死体が出なきゃ、どっちを先に始末したって同じだ。奴らがそういう風に考えを変える前で、良かったぜ」

「な、なるほど。おっしゃる通りですな」

露風は青くなって身震いした。

「露風さん、あんた久乃源を知ってるんですよね」

青木が庄八郎に聞いたことを確かめると、露風は認めた。

「知っております。ただ、面識があるという程度で、そう深くは」

全く知らない相手なら、贋作を作らせることはあるまい。深く知っていたなら共謀しているはずで、久乃源が肥前屋の話を聞くまで贋作と気付かなかったのは、おかしい。ちょっと面識があるだけというのは、詐欺一味にとって使いやすかったのだろう。

「茶碗を作れる腕がある久乃源さんがまず第一で、数ある茶人の中で露風さんが巻き込まれた理由は、久乃源さんと軽い面識があったからというだけかもしれませんね」

お美羽が言うと、露風は「何と理不尽な」と憤りを見せた。

「まったくです。とんでもない災難だ」

青木が同情するように言った。さすがにもう奉行所でも、露風が詐欺を企んだとは考えていないようだ。

「さて、これで概ね、この一件のからくりが浮き上がって来ました」

その言葉を聞いて、露風の顔にはっきりわかる安堵が浮かんだ。

「ありがとうございます。これで家に帰れます」

「でも」

お美羽はついまた出しゃばった。

「親玉と言うか、この一件を企んだのが誰かは、まだわかってないんですよ」

そうでした、と露風は表情を引き締める。

「そいつがお縄になるまで、枕を高くするわけにはまいりませんな」

その通り、と青木も言う。

「どうやってか、露風さんが入舟長屋にいることを探り出した連中だ。もう直に露風さんに手は出さねえだろうが、まだどんな動きをするか、わからねえ」

そうですよねえ、とお美羽は嘆息する。ほんとに、どうしてうちの長屋を……。

いきなり、閃いた。「畜生ーッ」とお美羽は叫んだ。青木と露風が仰天してお美羽を見る。頭がどうかしたかと思われたろうが、構ってなどいられなかった。

「ああもう、ほんとに私って馬鹿。こんな簡単なことにどうして気付かなかったの」

口惜しくて、畳をばんばん叩いた。露風が怯えたように身を引く。

「おいおい、どうしたってんだ」

唖然として聞いてくる青木に向かい、居住まいを正してお美羽は言った。

「誰がやったのか、わかりました」

十五

翌朝、お美羽はまた朝一番で出かけた。

「昨日に続いて朝餉もそこそこに、もう少し落ち着いたらどうだね」

欽兵衛が苦言を呈するのには、大詰めが近いのだと言って得心させた。お美羽は、仕事に行く人たちで混み合い始めた通りを、南本所荒井町に急いだ。

新兵衛店に着くと、智之助はちょうど家を出ようとするところだった。

「あ、お美羽さん。おはようございます」

「智之助さん、この前の夜は大活躍でしたね。露風さんも、だいぶ落ち着かれましたよ」

「そいつァ何よりだ。あれから見舞いに行けてねえんで」

済まなそうに智之助は言った。

「どこかお出かけですか」

「へい、しばらく仕事をしてなかったんですが、昨日やっと普請場の片付けの仕事にありついて、ちっとばかり稼ぎました。今日も仕事をもらえねえかと、行こうとしてたところで」

「良かった。仕事をお願いしようと思ったの」

「えっ、お美羽さんが仕事を」

智之助は驚いてお美羽の顔を見た。

「そりゃあお美羽さんの注文なら、何だってやりますよ。入舟長屋の仕事ですかい」

「そうじゃないんです。露風さんの一件の、大事なことなのよ」

智之助の顔が引き締まった。

「中で話しましょう」

智之助に招じ入れられたお美羽は、腰を下ろすなり昨日と一昨日あったことを全て話した。親玉がわかった、と言ったときには、さすがに智之助も仰天した。

「本当なんですか。こいつはたまげた」

智之助が、まじまじと顔を見つめてくるので、お美羽はまたどきどきしてしまった。

「真面目な話、商売替えした方がいいんじゃねえですか。お美羽さんが十手持ちになったら、俺ァいつでも子分になりますよ」

何馬鹿なことを、とお美羽は笑い飛ばした。

「こっちこそ真面目な話ですけど、目星は付いたのに、まだお白州に出せるほどの証しがないんです」

ははあ、と智之助は膝を叩く。

「その証しを探す手伝いをしろってわけですね」

「いえ、手伝いじゃなく、智之助さんにお願いしたいの」

智之助は困惑を浮かべた。

「俺はお美羽さんほどの頭はありやせんよ。いったい、何をすりゃいいんで」

お美羽はやってもらいたいことを話した。智之助は目を丸くする。

「それを、俺一人でやるんですかい。ちょっと荷が重いですよ。どれだけかかるかわからねえし、うまくいかねえかも」

「大丈夫、時がかかったとしても、下大島であれだけの働きをした智之助さんなら、できる」

買い被り過ぎですよ、と智之助は頭を掻いた。

「八丁堀の旦那や親分さんはどうなんです」

「青木様は、話を固めるために他のことを調べてる。今日は伏見屋さんに行ってるわ」

「伏見屋？　ああ、偽物を見破った骨董屋ですね。そこへ何しに」

「確かめることがあるんです。まだ幾つか。それにね、智之助さんに頼むことは、町奉行所じゃ直にできないのよ」

「どうして……あっ、そういうことか」

智之助は腕組みし、何度か頭を捻った後、ようやく言った。

「わかりやした。せっかく俺を当てにしてくれるんだ。やってみます」

お美羽は、ほっと胸を撫で下ろした。

「調べてもらうのに、お金がかかるでしょう。これ使って」

お美羽は紙包みを懐から出して、智之助の前に置いた。智之助は押し戴くようにして受け取り、「すぐに取り掛かります」と勇んだ声を出した。

「先に聞いておきますが、お美羽さんには何か考えがあるんですかい」

そうねえ、とお美羽は頰に手を当てる。

「理由があるわけじゃないんだけど……灯台下暗し、ってのは考えた方がいいかも」

日暮れが近い頃、喜十郎がお美羽の家にやって来た。

「青木の旦那が呼んでる。南六間堀の番屋まで来てくれ」

お美羽は、わかりましたとすぐに応じて、喜十郎と一緒に通りに出た。

「だいたいのところは、旦那から聞いた」

道々、喜十郎はお美羽に話した。

「今日は一日、裏を取るために走り回らされたぜ」

言いながら喜十郎は、恨めしそうな目でお美羽を睨む。

「どうも青木の旦那じゃなく、あんたに使われてるような気がしてきた」

「何をおっしゃるかと思えば」

お美羽はとんでもないと笑った。

「私は露風さんを助けようと、一所懸命頭を絞っただけです」

「その頭を絞った結果の裏付けで、俺は足を棒にしてるんじゃねえか」

喜十郎はさらに文句を言った。

「まったく、縁談が次々潰れちまうのも、むべなるかな、だ」

その言葉で胸に突き刺さる「ぐさっ」という音が聞こえた。

青木はいつもの通り、上がり框にどっかりと腰掛けてお美羽を待っていた。

「伏見屋に行って来た」

前置き抜きで、いきなり言った。これも青木らしい。

「はい。如何でしたか」

「露風が考えた通りのようだ。二月半ほど前、伏見屋に大名家の侍が来て、どうやって贋作と見抜いたかを事細かに聞いて行ったそうだ」

「その大名家、例の茶碗を買ったお家ですね」

「ああ、きちんと名乗ってる」

「この前山際さんと伏見屋に行ったときは、そんな話は出ませんでしたのに」

「大名家からは口止めされてた。そうでなくとも、扇座の座元の口利きとはいえ、初めて店に来た見ず知らずのお前たちに、何もかも言うわけがねえ」

もっともだ。その時はこんなことを考えてもいなかったから、尋ねもしていない。

青木の十手があってこそ、聞ける話だろう。

「その連中、偽茶碗の買い手以外にも、あちこち探りを入れたようだ。それが親玉の耳に入って、動かざるを得なくなったんだな」

「露風さんが姿を消さず、そのお侍たちと直に会って話していれば、こんな騒動にはならなかったでしょうにねえ」

お美羽が嘆息混じりに零すと、青木は肩を竦めた。

「起きたことに繰り言を言っても始まらねえ。露風は無事だったんだから、良しとするさ」

青木は喜十郎に目を向け、「それで」と促した。「へい」と喜十郎が応じる。

「あの野郎、相当な借金してやしたぜ。道楽に金を使い過ぎたようで」

「幾らだ」

「五百両ほどでさァ。けど、去年の暮れから正月にかけて、四度に分けて全部返したそうです。四度、ってぇのが味噌でしょうね」

偽茶碗が一つ売れるたびに、少し間を置いて支払った、ということだろう。儲けは小倉屋と山分けしたとすれば、新たに道楽に注ぎ込む金が、百両か二百両は残ったはずだ。充分魅力ある商売だったに違いない。

「その借金の相手にゃ、裏の連中に通じてる奴もいました。そいつに松蔵たちのことを教わったんでしょう」

　金を返してもらうためならば、使い捨てできるならず者を教えるくらい、大した手間ではない、というわけだ。

「もう一つ。奴は、だいぶ前から小倉屋と付き合いがあったようです。京へ上ったとき、公家への顔繫ぎを頼んでから、何かと」

　よし、上出来だ、と青木は頷いた。

「で、旦那、いつ踏み込むんです」

　喜十郎が逸るように聞いた。面倒だからさっさと終わらせたい、との気分が顔に出ている。

「まだだ」

　青木はかぶりを振った。

「もう一つ、動かねえ証拠が見つかってからだ」

「当てはあるんですかい」

　その問いに、お美羽が横から答えた。

「智之助さんが、頑張ってくれてます」

「智之助？　あんな奴に任せたのか」

喜十郎が呆れたように言う。お美羽はむっとして言い返した。

「青木様が出張れないから、私が頼んだんですよ。親分だって、露風さんを助け出すのに智之助さんがどれだけ働いたか、知ってるじゃないですか」

「俺はその気になりゃ、出張れたぜ」

「今日の十倍くらい、足を棒にすることになりますけど」

喜十郎は、ぐっと言葉に詰まる。そこで「もういい」と青木が言った。

「俺が智之助を使ってもいい、と言ったんだ。四の五の言うな」

喜十郎は仕方なさそうに黙った。

「だが、長くは待てねえぞ。四、五日で結果は出るのか」

青木がお美羽に向かって釘を刺した。

「ええ。きっと大丈夫です」

お美羽は自信ありとばかりに、請け合った。

それから五日経った日の、昼下がりのこと。もう師走に入り、年末を控えた江戸の町は誰もが忙し気(せわ)だった。お美羽も昨日、長屋の大掃除の手配りをしたところである。だが今は、もっと大事なことのために、この座敷に控えていた。この前露風を連れて来た、大番屋のあの八畳間である。

「やっと決着だ……」

一人で待ちながら、お美羽は呟いた。証拠は揃った。後は、それを突きつけるだけ。膝の上で握った拳に、力が入る。

襖が開いて、青木が入って来た。

「奴が来たぞ」

それだけ言って、お美羽の隣に座る。同席させてもらえたのは、褒美というような話ではなく、お美羽が見抜いたことを相手に突きつけるためだった。それを承知しているので、火鉢もない部屋なのに、額に汗が浮きそうだった。

間もなく足音が聞こえ、小者が襖を開けて客を通した。

「お邪魔をいたします。お呼びと聞き、罷(まか)り越しました」

二人の前に正座した水谷藤白は、茶人らしい丁寧な所作で畳に手をついた。

「どうも藤白先生、お呼び立てして申し訳ない」

青木が愛想よく言った。先生、と付けたのは、藤白の弟子に旗本が幾人もいるために気を遣ったのだろう。

「露風さんのことは、お聞き及びでしょうな」

露風と聞いて、藤白は同情らしきものを顔に浮かべた。

「聞いております。あの詐欺の一件以来、お姿を見ませんでしたが、今度はまた災難に遭われたとか。お気の毒なことです」

心配しているようだが、敢えて詐欺という一言を挟んだあたり、本音が窺える。

「その件について、幾つか藤白先生に確かめたいことがありまして」

ほう、と藤白は眉を動かした。

「私でよければ、何なりとお尋ね下さい」

悠揚迫らぬ、といった態度で言う。

「それでは、伺います」

頷いて、青木は薄い笑みを見せながら言った。

「露風さんを攫って閉じ込めた松蔵というならず者ですが、こいつを回向院の境内で雇ったのは、あんたに間違いありませんか」

藤白は、ぽかんとして青木を見返した。

「いったい……何のお話です。何がおっしゃりたいので」

「何のって、わかってるでしょうが」

青木は笑ってから、形相を変えて藤白を睨みつけた。

「茶碗の詐欺から今度の露風の拐かしまで、全部あんたが仕組んだんだろうって言ってんだよ」

十六

「何を……何を言われる」

藤白の顔が、朱を注がれたようになった。

「いったいどうして、私が露風さんを攫わせたなどという話になるのです」

「それは、私から申し上げます」

そこでお美羽が口を出した。これは打ち合わせた通りである。藤白はお美羽に怒りの目を向けた。

「あなた、先月来られた……確かお美羽さんと言われましたな。何なんです、あなたは」

「露風さんが身を潜めていた、入舟長屋の大家の娘です」

「大家の娘、ですと」

藤白は呆れたように言った。

「それがどうして、こんな場に」

問い詰めるように聞くのを無視し、お美羽は言った。

「あの時、私は北森下町から来たと申しました。知人が露風さんを心配しているので、という理由でしたが、もちろん嘘です。畳職人の又秀と名乗って長屋に入った人が、茶人の庭田露風さんだということに気付き、なぜ素性を偽っているのか調べるためでした。そこであなたから詐欺の話を聞いたわけですが、あれは露風さんに後ろ暗い事情があることを、私の頭に刷り込むためですね」

「私はただ、知っていることを親切で教えただけだ。曲解されても困る」

藤白はいかにも不快そうに言った。お美羽は気にせず続ける。

「ところが、その翌晩、露風さんが攫われました。幸い助け出すことができましたが、一つわからないことがありました。攫った連中は、露風さんがうちの長屋にいることをどうして知ったか、です」

お美羽はちらっと藤白の様子を窺った。明らかに落ち着きをなくしかけている。お美羽は満足した。

「露風さんが入舟長屋に入ったことを知っていたのは、美濃屋さんだけです。仲立ちした町名主の幸右衛門さんは、又秀さんが露風さんだとは知りませんでしたから。でも美濃屋さんは、露風さんの居場所を喋る前に、川に落ちて亡くなりました。喋っていればすぐにあなたたちは動いたでしょうが、そうしなかったのは何も聞けなかったからです。ところが、それから十日余り経って、私があなたをお訪ねしました。私が露風さんの名を口にしたとき、あなたはさぞ驚いたでしょう。少し頭を回せば、知人云々の話は嘘で、私が露風さんと関わりを持っている、とすぐ見抜けたはずです。とすれば、北森下町を探れば露風さんが見つかる、と考えるのは至極当然のこと。あなたは早速松蔵たちを雇い、仕事をさせたのです」

下大島の空き蔵や、松蔵たちを雇う方法などは、大名家の動きを知ったときから企みを練る中で、順に用意していったのだろう。露風を見つけたことで、一気に動いたのだ。その手掛かりを自分が与えてしまったことに、お美羽は忸怩たる思いだった。

「もう一度念のため申します。美濃屋さん以外に北森下町に露風さんがいることを知り得たのは、あなたしかいないのです」

面通しを頼んだ治三郎は知っていたが、彼から漏れていたら、もっと早くに動いたはずだ。また厳密に言えば寿々屋宇吉郎も知っているが、その周辺から漏れたとは考えられない。藤白が怪しいと、もっと早くに思い至るべきだったのだ。

「馬鹿馬鹿しい」

藤白が吐き捨てた。

「そんな程度の話で、私を疑うというのですか。しかも、詐欺まで私が企んだように言うなど、全くの筋違いだ」

「ほう、そうですかい。じゃあ、詐欺の話をしようか」

青木が、得たりとばかりにニヤリとした。

「去年、京の小倉屋ってぇ呉服屋が、出入り先の上洞院実泰様ってお人から、先祖伝来の茶碗を売れねえか、って相談を受けた。本阿弥光悦の逸品だ。先に言っとくが、こいつは紛れもなく本物だった。京で売って噂になっても困るから、江戸で売ってほしいってぇ頼みだ。引き受けた小倉屋は茶碗を預かり、江戸へ下った。ここまでは間違いねえよな」

「そうでしょうな」

藤白は、むっとした顔のまま言った。結構、と青木が頷く。

「ところがだ。金繰りに詰まりかけてた小倉屋は、道中で考えた。こいつを使って金儲けできねえか、ってな。そこで浮かんだのが、あんたのことだ」

青木は藤白に向かって、挑発するように指を振った。藤白は顔を背けた。

「あんた、京へ上ったとき、茶の湯に詳しい公家を訪ねるのに、伝手を介して小倉屋に顔繋ぎを頼んだらしいね。小倉屋が茶の湯の嗜みもあるたァ知らなかったが、茶碗で一儲けしようって奴だ。嗜んでて当たり前だわな」

「確かに小倉屋さんは知っている。だが、それだけだ」

「そうかな。江戸へ来た小倉屋は、まずあんたに持ちかけた。あんたはその頃、五百両からの借金を抱えてたろう。仕事半分道楽半分で、いろんな茶道具を集めてたそうじゃねえか。茶碗じゃなく、茶釜とか茶筅とか棗とかをな。ああいう代物、俺には値打ちはわからねえが、おっそろしく高えもんだろ」

「趣味にどうこう言われる筋合いはない」

藤白は強弁を繰り返している。青木は余裕の笑みを見せた。

「まあいいや。で、小倉屋は、懐が苦しくなってるあんたを儲け話に誘った。持って来た光悦の茶碗を写した偽物を作り、どれも光悦だと言って売り捌く。本物と同じ値で売りゃ、三百両が四つで千二百両、山分けしても六百両。こいつはいい話だ。あんた、そう思って乗っかったな」

「誰が乗っかったなどと……」

嚙みつこうとする藤白を、まあまあと宥め、青木は話を進める。

「小倉屋はあんたに光悦を預けて帰った。あんたは偽物を作る焼物師を探した。光悦みたいな黒樂茶碗を作れて、相当に腕が立つ奴だ。あんたは、烏山村の久乃源を選んだ。預かった光悦を持って行き、これは光悦を模した茶碗だが、そっくりなものを作ってほしいと注文したんだ。模したと誤魔化しても、実は本物だ。久乃源は本物を見たことがねえから信じたが、それでもすげえものだってのはわかったはず。

同じものを作る、ってことに惹かれて、仕事を受けた。さすがに大した腕で、三月かかって注文通りのものを仕上げたってわけだ」

「久乃源の名は、江戸で焼物に詳しければ知っている者は多い。だからと言って……」

「まあ聞きねえ。いよいよ露風さんの登場だ」

　青木は芝居っ気を交えて言った。

「偽物を売るには、買い手を信用させるだけの証しが要る。そこであんたは露風さんに目を付けた。茶道具の真贋を見極める目は確かって、評判だったそうだな。あんたは小倉屋を使って光悦を露風さんに見せ、本物と証する書付を書かせた。実際本物なんだから、露風さんに否やはねえわな。で、書付を手に入れたあんたは、それを四枚模写した。これで偽物一つずつに、露風さんの鑑定した書付が付けられた。もともと、凄腕の職人の手になる茶碗だ。露風さんの書付と合わせて、買い手は本物と信じ込んだ。もし偽物とばれても、あんたは表に出てねえから、疑われるのは露風さんだ。結局、事は思惑通りに運び、小倉屋は分け前と本物の分の代金を手に入れ、京へ帰った。上洞院様には、本物の代金をきっちり渡した。上洞院様は何も知らず、無事茶碗が売れたって喜んだ。小倉屋は偽物の代金を懐に、払い切れねえ借金を踏み倒してどっかへ消えた。たぶん西国で新しく商いでも始めたんだろうが、それはおいおい追っかけりゃいい」

青木は言葉を切って、どうだいと藤白に笑みを向けた。藤白は激高しかけたが、思い直したか表情を緩め、胸を張った。

「それだけですかな」

「それだけだが、違うとでも言いてえのかい」

藤白は、ふんと鼻を鳴らした。

「話としては、よくできている。だが、証しはどこにあるのです。何もないではありませんか」

「動かぬ証拠を出してみろ、ってのか」

「当たり前です。よろしいか、私は幾人ものお旗本に茶の湯をご指南申し上げている。中には、御大身もいらっしゃるのです。かような言いがかりは、甚だ迷惑。事と次第によっては、お奉行様に申し上げねばなりません」

藤白は、青木を見下すように言った。青木は、やれやれと首筋を掻いた。

「それじゃ、しょうがねえ」

青木はお美羽に目配せした。お美羽は頷き、後ろの襖に向かって声をかけた。

「智之助さん、お願いします」

へい、と応じる声がして、襖が左右に開けられた。隣の座敷には智之助と喜十郎が控えており、二人に挟まれて、四十をだいぶ超えたかと見える胡麻塩頭で色黒の男が、畏まって座っていた。智之助が、その男を手で示して言った。

「こちらが、久乃源さんです」

藤白の表情が、傲岸不遜から茫然自失へと一瞬で切り替わった。

智之助が出かけて四日目、つまり昨日、久乃源を連れて戻って来たのには、さすがにお美羽もびっくりした。四、五日で、と言う青木に請け合ったものの、本音では難しいかもと思っていたのだ。

お美羽は誰にも見られていないか確かめて、急いで二人を家に入れた。さすがに入舟長屋を見張る者は、もういないらしい。

「どうも初めまして。久乃源と申します」

まだ当惑気味の久乃源は、取り敢えず挨拶をした。迎えた欽兵衛は、久乃源以上に当惑して、目をぱちくりさせている。

「事情は全部、お話ししてやすんで」

智之助が言うのでほっとして、お美羽は久乃源に聞いた。

「どこに隠れていらしたんですか」

「はあ、隣です」

隣？　どういう意味かと、お美羽は智之助を見る。

「文字通りですよ。隣の家で、百姓の手伝いをしてなすったんです。これ、隠れてたって言えるのかどうか」

智之助は笑いながら言った。話によると、肥前屋で自分が贋作作りに加担させられたことに気付いた久乃源は、烏山村に飛んで帰ると、災いが降りかからぬよう当分身を隠すことに決め、村の人たちに助けを求めた。何しろ久乃源は、詐欺の首領の顔を知っているのだ。村で久乃源の信望は厚く、すぐに隣家が受け入れてくれ、久乃源は野良仕事を手伝いながら、様子を見ることにした。

するとニ月ほど前、恐れていた通り、久乃源を捜しに怪し気な男が来た。明らかに堅気ではなく、久乃源の窯を嗅ぎ回った後、村の連中に居場所を質した。もちろん村の者は、知らないで通した。男とその仲間らしいのは何度も来て、教えてくれたら金を払うとも言ったが、誰一人そんな話には乗らなかった。怪しい男たちは久乃源の顔もろくに知らなかったらしく、姿を近くで見ているのに、野良着になった久乃源に全く気付かなかったという。男たちはひと月ぐらい辺りをうろついていたが、やがて来なくなったそうだ。

「露風先生の家と違って、見張りもいませんでした。お美羽さんの言った通りです」

露風の家を見張っていたのは、久乃源を捜していた連中だろう。余程手詰まりだったのか、久乃源本人か久乃源に関わりある誰かが来ないかと、淡い期待を抱いていたらしい。お美羽たちが来たときは、見張った甲斐があったと思ったかもしれない。だがおそらく、会話を盗み聞きして久乃源の久の字も知らないと悟り、深追いはしなかったのだ。

一方、江戸の外れとはいえ、まだ町中の露風の家と違って、烏山のような田舎では、余所者がいれば花魁並みに目立ってしまう。そんなところで見張りはできまい、とお美羽は考えたのだ。智之助が信用されたのは、まず名主のところへ行き、半日もかけて事訳を話し、得心してもらえたからだ。

智之助に頼んだのは、烏山村は町奉行所の支配の外で、青木たちが直に調べられないためである。だが結果を考えると、やはり智之助に頼んで良かった。役人なら久乃源を捕らえに来たと思われ、やくざ者と同じくらい敬遠されたろう。

「灯台下暗し、まさしくお美羽さんの大当たりだ。よくわかりましたねえ」

智之助だけでなく、久乃源も驚いているようだ。お美羽が考えたのは、久乃源には信頼できる知己があちらこちらに何人もいるわけではなかろう、ということだった。少ない知己を頼ったなら、藤白にも気付かれるだろうから、とうに居場所は探り出されている。なのにいまだに見つからないということは、村ぐるみで匿っているのかもしれない。そう思い付いたのである。松蔵のような類いの連中なら、お美羽のように筋道立てて考えることは苦手だろうから、闇雲に捜し回っているのではないか。村で幾ら聞いても、どんなことであれ怪しい余所者に正直に答える者はいないだろう。それがどうやら、的を射ていたらしい。

「それにしても、これまで見つからなくて良かったねえ」

欽兵衛が感心したように言った。久乃源は、おかげさまで、と笑った。

「しかし、目の前に自分の窯があるのに、何も焼けねえってぇのは辛かったですねえ」

引っ張り出されて、却ってほっとした、と久乃源は言った。

「どんなお咎めを受けるかわからねえが、隠れるのはこりごりだ。そう思って、智之助さんに任せることにしたんです」

久乃源は、肩の荷を下ろしたかのような表情をした。お美羽は安心させるように言った。

「大したお咎めはないと思いますよ。だから、知っていることはきちんと話して下さい」

そうして久乃源は、大番屋に来たのである。

「さて久乃源、お前に光悦の偽茶碗を作らせたのは、この男か」

青木は久乃源の方を向いて、藤白を指差しながら聞いた。久乃源は、藤白をしばし見つめた後で平伏した。

「この男に、間違いございません」

青木は満足気に頷くと、藤白に向き直った。

「どうだい藤白先生。何か言うことはあるかい」

まだ呆然としたままだった藤白は、久乃源に目を向けて呻くように呟いた。

「いったいどこに……どうやって隠れて……」

それを耳にしたお美羽は、馬鹿にするように藤白を見て、言った。

「人捜しをするんなら、もうちょっと気の利いた奴を雇うことね」

藤白が、唸り声を上げた。お美羽はさらにもうひと言、加える。

「あなた、茶道具集めが道楽でしたね。罪を着せる相手に露風さんを選んだのは、本当のところ、露風さんが持っている棗が欲しかったから、じゃないの」

藤白が、ぎょっとしたようにお美羽を見た。自ら認めたも同然だった。お美羽は軽蔑を露わにして、ぐっと藤白をねめつけた。

「うちの店子に手ぇ出す奴は、ただじゃおかないんだから」

捨て台詞を投げると、これで充分、とお美羽は青木に目で告げた。青木は背筋を伸ばし、帯の十手を抜いた。

「根津権現門前町、水谷藤白。本阿弥光悦作と偽りし茶碗で大金を得たること、松蔵ら三名を雇い、庭田露風を拉致したること、誠に不届き。只今これにて召し捕り、重々詮議いたす故、左様心得よ」

言い渡し終えると同時に反対側の襖が開き、小者が二人現れて、両側から藤白の腕を取ると、引きずるようにして出て行った。そのまま牢に入れるのだろう。藤白は俯いたまま、もうこちらを見ようともしなかった。

十七

「そうですか、とうとう終わりましたか」

家に帰ってすぐ露風を呼び、顚末（てんまつ）を聞かせた。藤白の企みだったと知ったときは、かなり驚いていたが、棗のことを聞くと顔が曇った。

「なるほど。あの棗が藤白さんの妬みを呼び起こし、今度のことの一因になったのだとしたら、何とも因果な話ですなあ」

露風は大きな溜息をついた。

「茶の湯は心を落ち着かせるものであるはずが、物欲を煽ってしまうこともあり得る。人の心とは、誠に難しいものです」

深いお言葉ですな、と欽兵衛が言った。

「それで、根岸の方にはいつ、戻られますか」

「はい、二、三日のうちにはと思っております」

幾月ぶりかで家に帰れるので、ほっとしているのだろう。庭の手入れ具合からすると、露風はあの家をとても気に入っているに違いない。

「ならば先にお預かりした店賃、二月分はお返しします」

当然のことなのだが、露風はありがとうございます、と頭を下げる。

「大家さん始め長屋の皆さんには、大変にお世話になりました。幾重にも御礼申し上げます」

露風は丁寧にも、皆さんには後で順にご挨拶をしに参ります、と言った。

「お美羽さん、山際さんには、本当に何とお礼を申し上げたらいいか。詐欺の疑いまで晴らしていただけるとは、思いもよりませんでした」

いえいえ、そんな、とお美羽は何度も首を振る。

「一番は、智之助さんですよ。久乃源さんを見つけてくれたのが、決め手になったんですし」

「ああ、そう、そう、もちろん智之助さんもです」

露風は、何故か慌てたように言った。

「智之助さんには、根岸に戻ってから改めてお礼をしましょう」

それがいいです、とお美羽も欽兵衛も頷いた。

「ところで、光悦のその茶碗、一つは確かに本物だったそうですが、それはどうなりましたか。お大名のところですか」

欽兵衛が思い出したように聞いた。露風は、そうでしょうなと答える。

「他の四人、いずれも大店のご主人ですが、この方々が買われたのは全て偽物です。引き算で、後のお一方、つまりお大名家が本物を手にされたということになりますな」

「少なくとも、そのお家は恥をかかずに済みましたね」

だが、それであちこち調べ回った結果、あのような騒ぎを引き起こした。これは果たして、幸いと言っていいのだろうか。

「でも、ちょっと思ったんですけど、そのお大名にあなた方が買ったのは本物に間違いありませんよと教えてやれば良かったのでは。そうすれば安心して、無用な詮索はやめたでしょうに」

そのことは、何となく気になっていた。自分たちの茶碗が本物だと確信できれば、大名家にとっては何の問題もなく、波風立てる必要もない。

「しかし、どうやって教えるのです」

露風が言った。

「それができるのは、藤白さんか小倉屋しかいません。匿名では誰も信用しないでしょうし、名を明らかにすれば、自分が詐欺を企みましたと首を差し出すようなものでしょう」

そうか。確かに、自白と同じだ。詐欺に関わったなどと思われないよう、大名家が藤白を闇で消してしまうことだってあり得たのだ。

「名のある目利きのお方をお招きして、鑑定していただくということもできたのでは」

「それでは、当家には真贋を見抜く目がないと公言するようなもの。格式あるお家であれば、それもまた恥をさらすことになりかねません」

なるほど、体面が何より大事というわけか。それはお美羽にもわからなくはない。

「お大名家というのも、なかなか大変なのですな」

欽兵衛が、いささかズレた感想を述べた。


何が起きていたか、ようやく長屋の一同も知るところとなり、夕刻には大いに沸いた。菊造と万太郎は、こいつは祝いをしなきゃいけねえ、などと言い出し、栄吉やら和助やら、何人にも声をかけ、山際と欽兵衛とお美羽も引っ張って、居酒屋に繰り出した。露風は、もともと自分の不徳の致すところで、などと遠慮していたが、主役がいなくちゃ始まらねえ、と抱え上げるようにして連れ出された。

「しかし、畳屋じゃなくてお茶の先生とはねえ。俺たちゃ、たまに飲むったって薄い番茶がせいぜいだ。茶の湯って、どんな味がするんですかい」

「まあ、正直に言うと、いきなり飲んでもそんなに美味いとは思えんでしょうな。とにかく苦い。そんなもんです」

「へえ。そういうもんに大金をかけるってのは、どうもよくわからねえ」

「前にどっかの店で高ぇ茶碗を見たことがあるが、なんかこう、ごつごつしてて使い勝手がいかにも悪そうだった。ああいうのがいいんですかい」

「うちの茶碗なんか、欠けとひび割れだらけだが、あんなのは味があるとは言わねえんですかね」

長屋の面々は、口々に好き勝手なことを聞いている。かなり失礼な話もあったが、露風は笑って上手に答えていた。寧ろ面白がっているように見え、お美羽は顔を綻ばせた。

「ところであんたたち、払いはどうする気よ」

お美羽は菊造の袖を引いて、小声で言った。言い出しっぺの菊造は素寒貧なのだから、欽兵衛の財布を当てにしているに違いない。そこを衝いてやると、菊造と万太郎は「いや、そこは何とか」と媚びるような笑みを寄越した。

「まあまあ、今夜ばかりはいいじゃないか」

あのねえ、と眉を逆立てたお美羽を抑え、人の好い欽兵衛が言った。さすが大家さん、と菊造たちが手を叩く。本当に、しょうがないんだから。

だが、心置きなく楽しんでいる様子の露風を見ていると、お美羽の気分も和む。

今日は、大目に見るとしましょうか。

一刻半も騒いで、皆が帰りついたのは五ツ半(午後九時)を過ぎた頃だった。あまり酒に強くない欽兵衛は、真っ赤になって足元が覚束ず、お美羽に支えられてやっと歩いている。菊造や万太郎は、言うまでもなく千鳥足。まだしっかりしているのは、お美羽と山際ぐらいだ。露風も案外強いようで、ほろ酔い機嫌といったところだった。

「お美羽さん、手を貸そうか」

山際が言ってくれたが、父親の面倒くらい自分で見なければ。平気です、とお美羽は元気よく答えた。

「智之助さんも、呼んであげれば良かったですねえ」

さすがに南本所まで呼びに行っている暇はなかった。また改めて、にしよう。家へ呼んであげて、ご馳走しようか。いや、二人だけで泥鰌鍋っていうのはどうかな。こう差し向かいで、お銚子は差しつ差されつ、なんて。ちょっと花街の女みたいかな……。

欽兵衛を引き摺りながら、お美羽はつい想像を逞しくして、うふふと一人笑いしてしまった。が、山際が見ているのに気付き、慌てて真顔に戻す。

「智之助か、そうだな」

山際が呟いた。おや、とお美羽は怪訝に思った。何だか表情が硬いように見えたのだ。山際の方も、お美羽の様子に気付いたらしく、少し躊躇ってから言った。

「ちょっと話がある。後でお邪魔する」

「あ……はい」

至って真面目な話のようだ。何だろう、と思ったが、山際はそれ以上言わず、横を向いてよろめく万太郎の腕を取ってやった。


布団を敷くと、欽兵衛は羽織を脱いだ途端に倒れ込み、忽ち鼾をかき始めた。しようがないなあ、とその背に掛け布団を被せたとき、雨戸を叩く音がした。

「お美羽さん、いいかな」

山際の声だ。雨戸を開け、縁側から入ってもらった。

「欽兵衛さんは、寝たのか」

襖の裏から鼾が聞こえるので、お美羽は格好悪いなと思いながら「はい」と頷いた。山際は、その方が都合がいいという風に小さく頷きを返した。

「話というのは、智之助のことだ」

山際の口調は、妙に重かった。お美羽はつい身構える。

「智之助は、本当に仏具屋の倅なのか」

それはひどく唐突だった。お美羽は一瞬、啞然とする。

「それ、どういうことですか」

順を追って話そう、と山際は言った。

「露風殿の家を見に行った帰り、寄るところがあると言って別れたろう。あの時、実は藤白の家に行ってみたのだ。ついでに見ておいても良かろう、と思ってな」

だいぶ遠回りなので、お美羽と智之助には声をかけなかった、と山際は言う。

「門まで行って、中を覗き込んだら、下働きの者がすぐに気付いて出て来て、どんなご用かと聞かれてな。庭が見事でつい覗いてしまったと誤魔化して、退散した」

「はあ……何かご不審ですか」

「お美羽さん、藤白と会って話したのは、奥の座敷だろうな」

「ええ、そうです。一番奥の、離れの茶室と庭が見えるところで」

山際が何を言おうとしているのかわからず、お美羽は内心で首を捻った。

「門からだいぶ奥に入らねば近付けんな。智之助は門から黙って庭の奥に入ったと言っていたが、そんなことをすれば私のようにすぐ見つかる。塀を乗り越えるか何かで上手く入れたとしても、庭に突っ立っていては見つけて下さいと言わんばかりになる。盗み聞きするには、床下か天井裏に入り込まねばならん。そんな忍び込みが、仏具屋の倅にできるのか」

「それは……」

お美羽は懸命に記憶を呼び起こした。藤白と座敷で話していたとき、誰かに聞かれている気配はあったろうか。いや、そんなものはなかった。床下などで盗み聞きしていたなら、完全に気配を消していたことになる……いやいや、自分の感覚はそこまで鋭くはないはず。単に話に夢中で気付かなかっただけではないのか。

「もう一つ、気になることがある」

山際はさらに言った。

「下大島の蔵で露風殿を助け出したとき、智之助は真っ先に蔵に飛び込んだ。中にまだ一人いるから危ない、とお美羽さんが叫んだな。そのすぐ後で私が蔵に入ったのだが、そのときには中のやくざ者は、床に倒れて呻いていた」

「智之助さんが、やっつけたんですね」

うむ、と応じる山際の顔は、ずいぶん難しくなっている。

「だが、相手は匕首を持っていた。しかも、蔵はほとんど空っぽとはいえ、さして広くない。壁の厚みがあるから、中の幅はせいぜい二間足らず。取っ組み合いをするには狭い。その中で、瞬き何度かという間に、相手を打ちのめしたんだ。蠟燭を倒しもせずに、だぞ。余程手慣れていないと、できる芸当ではない」

「智之助さんは、以前はだいぶ遊んでたように言ってましたが、喧嘩慣れしてたんでしょうか」

「かもしれんが、急所を一撃で打つ、というのはなかなか簡単ではない」

それだけではないんだ、と山際は続けた。

「そのやくざ者を引き摺り出してから蔵に戻ると、奥で蹲る露風殿を、智之助が抱え込むようにしていた」

「介抱していた、ということですね」

「見たところは、な。だが私には、智之助が何事かを露風殿に囁いていたように見えた」

「囁いて？」

何を、と聞きかけたが、それは山際には答えようがあるまい。が、山際の目を見ると、どうも見当がついているように思えた。

「もしかして、あの晩家に帰ってから、一人で考えるとおっしゃってたのは、そのことだったんですか」

山際は、そうだと頷いた。

「あの……露風さんに、確かめますか」

それが一番間違いない。だがお美羽は、知らぬ方がいい領分に入って行くような、うすら寒さを覚えた。

「そうしてみよう」

山際は、もう躊躇わなかった。

長屋の職人連中は朝が早い。大半の者は、もう眠っていた。だが幸い、露風の家にはまだ灯りが点いている。お美羽と山際は、周りに聞こえないようそっと障子を叩いた。

「おや、山際さんにお美羽さん。先ほどはどうも、すっかりご馳走になって」

露風は上機嫌に言った。また続きで飲むという話か、とでも思ったのだろう。だが、お美羽と山際の表情を見て何か感じ取ったか、笑みを消した。

「どうぞ、お入り下さい」

露風は二人を畳に上げ、向き合って座った。もともと道具類はほぼない家だが、引き払う用意はできており、風呂敷包みが隅に二つ、置いてあった。一つは床下に埋められていた棗だろう。

「遅くに済まぬが、確かめておきたいことがあってな」

山際が言うと、露風は畏まって膝を揃えた。

「何でございましょう」

「露風殿、まだ私たちに話していないことがあるのではないか」

露風は眉をひそめた。山際はひと言告げた。

「智之助のことだ」

露風の眉が上がり、続いて大きな溜息が漏れた。

「お気付きになりましたか」

お美羽はうろたえた。

「いったい何を、です」

山際はお美羽に顔を向け、抑えた声で言った。

「露風殿は、下大島で助け出されたあの時、初めて智之助に会ったのだ」

十八

お美羽はあんぐりと口を開け、山際と露風を交互に見た。

「どういう……ことなんですか」

露風は、申し訳ない、と頭を下げて話し始めた。

「蔵で助けられたとき、いきなり智之助さんが飛び込んできた。外が騒がしいのには気付いたが、正直、何が起きたかわかっていなかった。なので、智之助さんを見たとき、新手の悪者の一人が入って来たのかと思ったのです。ところがあの人、あっという間に私を見張っていた男を打ち倒した。続いてこちらの山際さんが入って来ようとするのに、倒した男を引っ張り出してくれと言った。どうやら助かったらしい、と私もわかって、ほっとしたのだが、山際さんが蔵を出た刹那、智之助さんが私を抱え込み、耳に口を寄せて言ったんです」

露風はそれが誰なのか、全く心当たりがなかった。その男は智之助と名乗り、あんたを助けてやる、だがこの先、言う通りにしてもらいたい。ずっと前から俺を知ってるような顔をして、後は俺に話を合わせろ。短い間に、それだけを明瞭に告げた。露風は何が何だかわからなかったが、智之助の言葉には、有無を言わせぬ響きがあった。それで何も考えず、言う通りにしたのである。

「その後、おぶってもらって帰る道中で、いろいろ聞きました。智之助さんは私の昔の弟子だが中途で投げ出していて、下谷の潰れた仏具屋の倅で、というようなことを。作り話ですが、他の者に聞かれたらそれで通してほしい、と言われました。脅すような言い方では全くないのに、何故か逆らおうという気になれませんでした。今までお話しできず、申し訳ございません」

それは、救われた恩義というだけではなく、智之助から感じ取れた只者ではない香りのせいだろう、と露風は言った。

「それじゃいったい、智之助さんって本当は何者なんですか」

お美羽は呆然としながら、震え気味の声で言った。露風は何も考え付かない様子で、助けを求めるように山際を見た。

「思うところがないでもないが……いや、やはりわからぬ」

山際は俯き加減でかぶりを振った。


その夜、お美羽は一睡もできなかった。智之助のことを考え、心は千々に乱れる。いったい何のため、誰のために動いていたのか。本当は私のことを、どう思っていたのだろうか。

夜が明けてから欽兵衛の具合を見ると、しばらく起きて来そうになかった。明らかな二日酔いだ。今は幸いだと、お美羽は朝餉の支度も放り出して、家を出た。寒い朝で、吐く息が白かった。

新兵衛店には、朝餉の支度をする湯気が立ちこめていた。朝早くに血相を変えて現れたお美羽を見て、おかみさんたちは冷やかしも忘れて一歩引いた。

智之助の家の前に立ったお美羽は、障子を叩こうとして逡巡した。智之助に会ったら、何て言えばいい。あなたは誰ですか、とでも聞くのか。智之助の屈託のない笑顔が頭に浮かび、この障子が夢と現（うつつ）の境目になってしまうような気がした。

駄目だ、しっかりしなきゃ。決着を付けるのよ。お美羽は深く息を吸って、障子を叩いた。

「智之助さん、いますか。早くからごめんなさい」

返事はなかった。もう迷わず、障子を引き開けた。

誰もいなかった。畳まれた夜具や、鍋釜はそのままだ。だが、それらは打ち捨てられたのだというような気がした。ただの留守とは、何か違う。

夜具の前に紙が一枚、端を枕で押さえて置いてあるのに気が付いた。急いで畳に上がり、紙を拾い上げる。墨でただ一行、「お美羽さん　世話になった　ありがとう」とだけ書かれていた。

何なの、これは。驚きと怒りと悲しみが同時にこみ上げ、叫び出しそうになった。どうにか気を鎮め、書置きを見直す。智之助の字は、初めて見た。流麗ながら力があり、学のない者に書ける字ではない。これはおそらく、武家の字だ。お美羽は書置きを摑んだまま、外に飛び出した。一番手近のおかみさんを摑まえる。

「智之助さんですけど、どこへ行きましたか」

「さあ、そりゃあちょっとわからないね」

そのおかみさんは仲間の方を向いて、知ってるかいと聞いたが、やはりわからないとの答えが返った。

「昨日の夕方から、見てないよ。夜中に出てったのかもね」

二人の目付きを見ると、お美羽から逃げ出したんじゃないの、とでも思っているようだ。気持ちを逆撫でされたようで、引っぱたきたくなるのを何とか堪える。

「智之助さんがこの長屋に来たのは、いつのことですか」

「ああ、二月ちょっと前だよ。仕事を探しに来たとか言ってたね」

たった二月ですって？　お大名家が探り廻り始め、懸念した藤白が動き出した頃ではないか。お美羽は書置きを握りしめた。

「何の仕事をしてたのか、聞いてませんか」

「さあ、日銭稼ぎだってだけで。いろんなことやってたんじゃないの。でも金がないって言う割には、小ざっぱりしてたから、半端仕事しかしてないとは思えないけど」

もう考えるまでもない。日銭稼ぎなどしていなかったのだ。日々の金は、全然違うところから出ていたに違いない。

「あのさ、こう言っちゃ悪いんだけど」

おかみさんの一人が、ぼそぼそと言った。

「あの人、ずいぶんといい男だったろ。あれじゃあ、女が放っておかないよ。きっと玄人筋の女か何かと深い仲になっちまって貢がせ……」

「わかりました、ありがとう」

終いまで待たず、叩きつけるように言い捨てると、お美羽は新兵衛店を後にした。もう二度と来ることはないだろう。

二ツ目通りを家に向かっているとき、後ろから呼び止められた。山際だ。同じように朝からどこかへ出かけていたらしい。そう言えば、手習いは休みの日だった。

「お美羽さん、新兵衛店へ行って来たのか。智之助はいたか」

お美羽は黙って、すっかり皺だらけになった書置きを差し出した。受け取って一瞥した山際は憂い顔になり、お美羽に書置きを返して道の先を指した。

「お美羽さん、酷い顔をしているぞ。そのまま帰ったら欽兵衛さんが心配する。あそこで少し落ち着こう」

山際はお美羽の背中を押すようにして、弥勒寺の前にある開いたばかりの茶店に入った。緋毛氈が敷かれた長床几に座り、茶と団子を注文してから、山際が聞いた。

「いつからいないんだ」

「昨日の夕方から、見えないそうです」

そうか、と山際は嘆息した。

「大番屋で全て見届けて、もう自分の用は済んだというわけか」

「山際さんは、どちらへ行かれてたんですか」

「うん、下谷広小路だ」

ああ、とお美羽は思い当たる。

「智之助さんの店があった、と言ってたところですね」

「うむ。あの辺で潰れた仏具屋なら、五条屋という店だろうと、前に青木さんに聞いていたのでな。行ってちょっと調べてみた」

山際が聞き込んだところによると、智之助がお美羽に話した通り、五条屋は騙されて借金した挙句、潰れてしまったという。

「主人が卒中で死んだというのも本当だ。だが内儀は倅と一緒に一時実家に身を寄せてから、他所へ移ったらしい。亡くなったかどうかは、聞いていないそうだ」

「倅は、ちゃんといたんですか」

お美羽は、ちょっと驚いた。が、次の言葉でさらに驚く。

「ああ。しかも、名前は智之助だ」

「えっ、名前まで」

「だが、そこから先が違う。話を聞くと、年恰好、背恰好は似ているようだが、容貌はまあ、美形とは言い難いそうだ。そのうえ幼い頃の病のせいで、目が良くないらしい。特に夜目が利かんとか。とてもならず者相手の立ち回りなどできん」

「つまり、同じ名を騙って成りすましていたわけですか」

「そうだな。それに、倅は茶の湯を習っていたこともあった。ただし、師匠は露風さんではないが」

「茶の湯も……」

お美羽はなるほどと手を打つ。

「露風さんと関わりの深い人に成りすますため、条件に合いそうな相手を探し出した、ってことですね」

「そうだ。見た目がだいぶ異なるのは仕方がない、と割り切ったんだろう。完璧に注文通りの相手など、そうそう見つかるものではない」

だが、と茶を一口啜ってから山際が言った。

「相当な下調べをしたのは確かだ。一人でできる仕事ではないだろう」

言わんとすることはわかる。お美羽も同様に思っていた。

「誰かに雇われていたんでしょう」

その雇い主が、智之助が日々遣う金を出していたのだ。しかし……。

「雇い主は誰か、ということだな」

山際には考えがあるようだった。結局それは口にせぬまま、残った茶を飲み干した。

欽兵衛にはしばらく腫れ物に触るような扱いをされたが、三日も経つと、荒れた気持ちも次第に収まって来た。すると、それを見計らったかのように、青木が現れた。

「お美羽、今度もいろいろとご苦労だったな。助かった」

欽兵衛は、お美羽の出しゃばりを皮肉られたと思ったようで、ひどく恐縮している。だが青木の顔を見るに、本心で言っているようだった。

「いえ、私は店子になりました露風さんの難儀を救いたいという一心で、お手伝いしたまででございます」

お美羽は神妙に頭を下げて言った。青木は、格好付けるなとばかりに鼻で嗤った。

「で、露風はもう長屋を出たのか」

「はい、昨日引き払って、根岸に帰られました」

災いの厄を全て落とした露風は、実に清々しい顔をしていた。今、露風の点てる茶はさぞかし美味だろう。いや、素人には苦いだけか。

「藤白についてはまだ詮議中だが、千二百両の詐欺だ。死罪は間違いない」

それは当然だろうが、気になるのは久乃源だ。そこを尋ねると、青木は安心しろと珍しく微笑を浮かべた。

「あっちは代官所の裁きになるが、詐欺自体は町奉行支配地で起きたことだ。双方で話し合ってる。だが、久乃源はただ注文通りに茶碗を焼いただけで、詐欺と知ってたわけじゃねえ。そこは罪には問えん。とは言うものの」

　詐欺と気付いてから、お上に知らせず姿をくらましたことをどうするかで、まだ論議されているという。

「だが、その時は詐欺自体がなかったこととして蓋をされてた。詐欺を訴え出られても、奉行所も代官所も受け付けようがねえ。しかも、隠れなきゃ命を狙われてた、ってことも、まあ結果ではあるが、わかってる。お咎めがあったとしても、きつく叱って名主預け、てな程度だろうな」

「それは良うございました。お奉行所も、ちゃんと見て下さってるのですね」

　当たり前だ、と青木はお美羽を睨む。欽兵衛が焦って、これこれ、とお美羽を窘めた。青木はいつものことだ、というように鼻を鳴らす。それから、少し気遣うような目でお美羽を見て、言った。

「さて次に、智之助のことだ」

　その名を聞いて、お美羽はびくっと肩を動かした。欽兵衛は、大丈夫かとばかりにお美羽を見る。だが、もう何を聞いても驚かないぞという気構えはできていた。

「藤白の詮議のために、もう少し話を聞こうと思ったが、消えちまってた。俺が思うに、もう江戸にはいねえだろう」

江戸から消えた、か。お美羽も、そうかもしれないと思っていた。

「実のところ、あの人は何者だったんですか」

ふむ、と青木は顎を撫でた。

「あいつの動き方、身のこなし、手の込んだ成りすまし、つらつら考え合わせるに、忍びの者だろうな」

「忍び、ですか」

これにはさすがにお美羽も驚いた。まさか、忍者の類いとは。だがそれなら、青木の言うように全てに得心がいく。そうすると、雇い主というのは……。

それしかない、とお美羽は青木を見返して問うた。

「あの茶碗を買ったお大名家に、雇われたんですね」

「雇われたと言うより、もともとそのお家に仕えてたたんだ」

そうか。その方がわかりやすい。あの大名家は、まず家臣の侍たちに聞き回らせた。だが、どうしても目立つ。そこに気付き、侍たちを引き上げさせ、代わりに忍びの智之助を送り込んだのだ。

　いや、目立つのも勘定に入っていたのかもしれない、とお美羽は思った。穿(うが)った見方をすれば、わざと侍たちの調べ回る姿を曝しておき、詐欺の一味が蒸し返されるのを恐れて動き出すのを智之助に待ち構えさせた、ということも考えられる。お美羽たちには真相を探るべくもないが。

「そのお大名家って、どこなんでしょうか」

　敢えて聞いてみた。それだけがわからないのは、奥歯に物が挟まったようで、何事にも白黒つけたがるお美羽は気になっていた。それに、智之助の本当の出自はどこなんだろう、という思いも少しはあった。

「お大名の台所事情も近頃は大変と巷(ちまた)で聞きますのに、茶碗にぽんと三百両です。しかも忍びまでお抱えになっているなら、二万石や三万石ではございますまい。余程のお家ですね」

「それを俺に言わせる気か」

　青木は眉間に皺を寄せた。欽兵衛がまたうろたえたが、青木は怒っているというより困っているという様子だ。

お美羽はさらに考える。御老中とか、或いはそれ以上の上客を招いて茶席を設けられる家。真贋を見抜いて当然と思われるほどの格式。それができなかったのは、家中に目利きの玄人がたまたま一時、絶えていたとか。だとすると、例えば御領内に有名な焼物の里があったり……。

はたとお美羽は思い当たる。

「まさか……」

口にして、青木の顔色を窺った。

「……百万石……」

「おっと、それ以上言うな」

青木が手で制した。御無礼いたしました、とお美羽は口を閉じ、畳に手をついた。

「あのさ、お美羽さん、ほんとに大丈夫なの」

脇から顔を覗き込んで、おたみが言った。

「顔色だって、いつもの感じじゃないしねえ」

反対側のお千佳も言った。

「いやいや、心配しないで。ただの一時の落ち込みなんだから」

お美羽は手を振ったものの、溜息が漏れるのを止められなかった。

ここは両国広小路に近い菓子舗と棟続きの茶店である。その菓子舗の自慢の菓子をそこで賞味できるということで、若い娘や甘党の小金持ちたちでいつも賑わっていた。だいぶ持ち直したとはいえまだ少々、どよーんとしていたお美羽を見て、おたみとお千佳が元気づけにと誘ってくれたのだ。

「もしかしてその、この前言ってたあの仏具屋の元若旦那の話、ぶっ壊れちゃった？」

おたみが遠慮がちに聞いて来るのに、お美羽は仕方なく頷いた。

「ぶっ壊れた。ものの見事に」

それ以上言わず、がっくり肩を落とす。まさか相手が大大名の配下の忍びだったなんて、出来の悪い草双紙じゃあるまいし、現実味がなさ過ぎて言えたものではない。そんな事情も知らず、あらら、とおたみが苦笑混じりに同情を見せた。

「やっぱりねえ。お気の毒としか言いようが」

「やっぱりって何よ、やっぱりって」

ああ、いや、とおたみが慌てる。

「お美羽さんがこういう風にがっくりくるのって、今までの例からするとそれだよねえ、と思いまして」

「はいはい、そうですよ。その通りですよ。くっそー」

お美羽は自分の頭を両手で叩いた。

「もういい年だってのに、何でこうなるのよ、毎回毎回」

まあまあ、とお千佳が背中をさする。

「何度も言うようだけど、それだけ何度も恋ができるってのは、幸せな才能よ」

「持ち上げられてんだか、落とされてんだか」

お美羽がぼやきを漏らしたところで、茶と菓子が運ばれて来た。花の形をした、煉切だ。花弁も丁寧に細工され、黄や桃の色が着けられていた。思わず生唾が湧く。

「おお、これは綺麗」

おたみの目が輝いた。

「さ、いただきましょ」

おたみはさっさと齧り付く。お千佳の方は、皿を持ち上げて煉切を鑑賞する構えだ。

「もう食べてるの。もっとこの姿を愛でなさいよ」

「形は素敵だけど、やっぱりまずは味よ味。ああ、美味しい」

おたみはうっとりと目を細める。お美羽はつい笑ってしまい、煉切を摘み上げた。食べるのが勿体ないような細工だ。でも、おたみが言うように味わないと真価は見えない。

一口嚙んだ。品のいい甘さが口中に広がり、おたみ同様、目が細くなる。不思議なことに、すうっと気分が上向いた。ああ、落ち込んだ時は甘味に勝る薬はない。

「お美羽さん、一気に顔色が良くなったよ」

お千佳が肘で小突き、笑った。お美羽は、ありがとうと笑い返す。

「これ、最高」

そうそう、とおたみが手を叩く。

「最高の甘さと共に、憂さも消えゆく。女子の、昔からの理」

何それ、とお千佳がまた笑った。やれやれ、とお美羽はほっとする。友達って有難い。

ようし、とお美羽は手を握りしめる。いつまでもうじうじしてらんない。振られた憂さなんか、甘味に溶かして飲み込んじゃえ。

お美羽は煉切を一気に頰張り、空を見上げた。師走の澄んだ青空に、鳶（とんび）が一羽、悠然と舞っている。

この作品は書き下ろしです。

江戸美人捕物帳

入舟長屋のおみわ 隣人の影

山本巧次

令和5年6月10日 初版発行

発行人――石原正康
編集人――高部真人
発行所――株式会社幻冬舎
〒151-0051東京都渋谷区千駄ヶ谷4-9-7
電話 03(5411)6222(営業)
03(5411)6211(編集)
公式HP https://www.gentosha.co.jp/
印刷・製本―中央精版印刷株式会社
装丁者――高橋雅之

幻冬舎時代小説文庫

ISBN978-4-344-43302-1 C0193 や-42-8